El Có

Enigma d

Horizo

Cedric Daurio

Colección Comunidad Bluthund

Colección Comunidad Bluthund

SE TRATA DE UNA OBRA de ficción. Los nombres, personajes, empresas, lugares, eventos e incidentes son o bien los productos de la imaginación del autor o se utilizan de una manera ficticia. Cualquier parecido con personas reales, vivas o muertas, o eventos reales es pura coincidencia.

Índice

Dramatis personæ

Werner Scheimberg: Arqueólogo enviado por la Sociedad Thule a Tíbet en 1938.

Wolfram von Eichenberg: Joven ayudante de Scheimberg.

Dorje: Viejo lama budista en Tíbet, tutor de Wolfram.

Tara: Sacerdotisa tibetana. Amante de Wolfram.

Martín Colombo: Joven argentino de visita en Nueva York

Dennis Colombo: Pariente lejano de Martín, residente en Nueva York.

Deborah Liberman: Novia de Dennis.

Selma Liberman: Hermana de Deborah.

Jack Berglund: Miembro de Bluthund, especialista en runas.

Lakshmi Dhawan: Mujer nacida en India, miembro del FBI.

Anila Ragnarsson: Hija de Lakshmi.

Aman Bodniev: Chamán siberiano.

Roman Ungern von Sternberg: Militar ruso. Señor de la Guerra en Mongolia en el período 1917-1921.

Batbayar: Guía mongol de la expedición

Tsetseg: Misteriosa integrante mongola de la expedición.

Hans Wildau: Oscuro personaje al servicio de una organización desconocida.

Gerda Schmiddel: Secretaria de un enigmático personaje denominado Direktor.

Dr.W. Richardson: Maestre de la Comunidad Bluthund en Nueva York.

Jerome Watkins: maestro de ceremonias en los eventos de Bluthund.

Dr.Dieter von Eichemberg: Erudito en esoterismo oriental y occidental.

Madame Nadia Swarowska: Miembro del Comité de Dirección de Bluthund

Suzuki Taro: Miembro del Comité de Dirección de Bluthund.

M. Garland: Agente del MI6 británico.

Sir David Osborne: Ex jefe del MI6

Yeshe: Guía tibetano.

Liu Daiyu: Capitana del Ejército Popular Chino.

Liu Hung: Coronel chino. Padre de Daiyu.

Prólogo

1938 -Tíbet

Wolfram von Eichenberg levantó cuidadosamente la ancha piedra plana, ayudado por dos de los portadores tibetanos. Los restos de arena que la habían cubierto por incontables siglos se deslizaron por los costados. Debajo de la piedra se vislumbraban objetos de contornos imprecisos, pero con claras tonalidades que variaban del rojo al amarillo al azul. Con infinito cuidado Werner Scheimberg, el arqueólogo enviado a la expedición por la Sociedad Thule, comenzó a cepillar la arena y partículas minerales hacia afuera, dejando al descubierto un sustrato evidentemente orgánico. Wolfram observaba los metódicos procedimientos del científico con ansiedad. De pronto Scheimberg lanzó una exclamación.

-Sin duda se trata de una momia.- y agregó de inmediato- tenemos que tratar estos restos con precaución porque pueden desintegrarse entre nuestros dedos. Además, la ubicación de cada elemento que hallemos nos puede dar indicios valiosos de su modo de vida.- Se hallaba evidentemente exaltado y apartó al joven de la excavación con un poco de brusquedad.

Luego de tres horas de trabajo, el hallazgo estaba libre de detritos y listo para la inspección visual. Se trataba de los restos de un hombre de mediana edad, de aproximadamente un metro ochenta de estatura, cubierto por lo que indudablemente eran vestigios de un paño de varios colores que cubrían el cuerpo.

-Esto es asombroso- dijo Scheimberg- está absolutamente fuera de contexto.

- ¿A qué te refieres Werner?- contestó Eichenberg.

-Este hombre no era un antepasado de los tibetanos ni de ninguna raza mongol. Fíjate la altura y la forma del cuerpo. Es típicamente ario.

El corazón latía fuertemente a Werner. Ese hallazgo podría ser una primera confirmación de las teorías que habían venido a probar en el desierto de Gobi.

Corría el año 1938. El explorador Ernst Schäffer había organizado su tercera expedición a Oriente patrocinado por la Ahnenerbe alemana y con los auspicios del gobierno tibetano. El objetivo era probar unas teorías enunciadas por los esoteristas oficiales del Tercer Reich y del mismo Führer, según la cual la cuna de la raza aria se hallaba en una región asiática luego cubierta por el desierto de Gobi y desaparecida de la faz de la Tierra, pero que aún existía en un inmenso complejo de ciudades subterráneas, tesis que se emparentaba con los mitos orientales de Agartha y Shambala. Esto estaba relacionado a su vez con las teorías de la Tierra hueca en boga en la Alemania nazi

von Eichenberg y Scheimberg eran parte de esa expedición, acompañados de un séquito de portadores y guías, así como un vidente tibetano que, suponían los alemanes, tenía además de su misión orientadora la función de espiarlos para el gobierno de ese país. Schemberg había sido uno de los acompañantes del sueco Sven Hedin en sus excursiones por Oriente, con propósitos arqueológicas y en alguna medida esotéricos. von Eichenberg era sólo un joven con ansia de aventuras y exotismo, sin calificaciones científicas relevantes

Después de un día de limpieza meticulosa del cuerpo momificado hallado, Werner Scheimberg estaba en posición de hacer un veredicto.

-No se trata ciertamente de uno de los precursores de la raza indoeuropea pregonado por nuestras teorías, sino de un miembro de ella de pleno derecho. Todo el aspecto, su rostro admirablemente conservado por la sequedad de las arenas, el tono rojizo de su cabello y barba y el paño de lana de su vestimenta, hacen recordar fuertemente a las primitivas tribus célticas. Parece un primitivo escocés.

-Esta noche me pondré en contacto con von Schirach por radio- respondió Wolfram- Ten preparado el informe que desees transmitirle para entonces.

El muchacho, no demasiado impresionado por el hallazgo dio media vuelta y se marchó. De familia aristocrática, nunca había estado entusiasmado por las teorías raciales de los nazis, y tanto Hitler como sus secuaces le merecían un cierto desdén. Las tesis sobre la Tierra hueca y las ciudades sumergidas le parecían absurdas y por lo tanto también el mismo propósito de la misión; sin embargo, se cuidaba bien de expresar esas ideas en público. De Oriente, era otra cosa que le tenía encandilado.

Al regresar a Jiayaguan, una ciudad en el confín de Tíbet situada a los pies de las montañas Qilian, ambos hombres se dirigieron a la casa donde se hospedaban, Scheimberg quedó redactando su informe en su vieja máquina de escribir, mientras Eichenberg fue a ducharse y cambiarse. Al terminar pasó por la sala donde su compañero se hallaba trabajando.

-Werner, voy a salir ahora; a las veinte horas regreso y llamamos a von Schirach.

-Supongo que vas a visitar a esa sacerdotisa que te tiene atrapado.- El comentario fue respondido con el silencio.

Wolfram se dirigió al templo budista dirigido por un viejo lama llamado Dorje, que le había tomado como una especie de discípulo aunque proveniente de una cultura muy diferente; el viejo monje estaba entusiasmado porque contaba con un atento alumno que absorbía sus explicaciones como una esponja.

Ese día Dorje explicó a su discípulo la naturaleza engañosa de la materia concreta, en realidad manifestación de una energía divina que debe ser canalizada en nuestro interior para liberarnos de nuestras ataduras carnales, nuestros deseos y apegos. En tono persuasivo le decía que cada ser es una manifestación de esa energía, y que ya posee en su interior todo lo necesario para su sustento espiritual y sólo hacía falta reconocerlo y nutrirlo.

Wolfram quedaba absorto en cada una de las lecciones, y permanecía bajo el influjo del cúmulo de pensamientos y sensaciones durante más de una hora en absoluto silencio. Finalmente recobró su estado de consciencia habitual y salió del habitáculo, notando recién entonces que Dorje ya se había ausentado.

En uno de los pasillos se encontró con uno de los monjes novicios, y le preguntó.

- Chodak, ¿podré visitar hoy a Tara?

- Creo que te está esperando con ansia- Respondió el joven monje.

La respuesta, en otro contexto hubiera resultado paradójica. Tara era hermana de Chodak a la vez que una sacerdotisa tántrica importante; Chodak no ignoraba la motivación del interés del alemán en su hermana, y sabía que era correspondido por ésta. Pero mientras en nuestra cultura occidental las relaciones entre sexos están teñidas de un halo de pecado y sospecha, en la mencionada rama del budismo el sexo tiene connotaciones elevadas y aún sagradas.

Tara y Wolfram se hallaban en el lecho de la muchacha. Sabían que nadie vendría a interrumpirlos, de modo que procedían con infinita calma, evitando todo dejo de ansiedad.

La mujer estaba envuelta en velos que el hombre iba descorriendo en forma parsimoniosa, dominando todo instinto animal. El deseo debía adquirir formas sublimadas antes de liberarse. Tara explicaba los tres fines sagrados del sexo, cada uno de ellos elevado y sublime: la reproducción, el placer y la liberación del alma. Guiaba al muchacho a través del ritual, incluyendo los pasos purificatorios previos. Concluidos los mismos, ambos habían quedado sentados en el lecho uno frente al otro, y con sus piernas entrelazadas. Guiados por la sacerdotisa se unieron en un abrazo extático precursor de caricias recíprocas que duraron una eternidad. Finalmente llegó el momento de la unión íntima de ambos amantes, en el que cada uno de ellos se disolvía en el otro, y ambos en la consciencia cósmica. En ese instante se alzaría la serpiente *Kundalini*, logrando la fusión de *Shiva* y *Shakti*, principios masculino y femenino.

El ritual concluyó con la penetración y eyaculación, seguidos de un prolongado período de unión silenciosa.

Wolfram se retiró del aposento invadido por un éxtasis físico, psíquico y espiritual incomparable con sus experiencias anteriores, mientras que la mujer se recostaba en la cama y nuevamente se cubría con sus velos.

EL JOVEN DIO UN LARGO rodeo para regresar a la vieja casa donde se hospedaban. Se sentía flotando entre nubes, en un estado que jamás había conocido antes, y deseaba que el mismo durase el máximo tiempo posible antes de enfrentarse con Scheimberg y sus pericias arqueológicas. De pronto consultó su reloj y cayó en cuenta que faltaban sólo quince minutos para la hora convenida para la radio-llamada a von Schirach, especie de coordinador de todos los equipos que se encontraban en Oriente; por ello apretó el paso para no llegar tarde a la cita.

-¡Ah! Por fin vienes. Que sonrisa, ¿te han transportado otra vez al quinto paraíso?

Wolfram no contestó y se limitó a poner el equipo de radio en condiciones, y a la hora programada, establecer el contacto.

La conversación entre Scheimberg y von Schirach duró aproximadamente cuarenta minutos. Aunque Wolfram se había alejado un tanto, percibía que el tono del intercambio verbal era áspero y que Scheimberg se limitaba a escuchar la mayor parte del tiempo. Cuando hubo finalizado el contacto, Wolfram miró a su compañero y preguntó.

- ¿Y bien?

El rostro de Scheimberg preanunciaba cuál sería la respuesta. Estaba perturbado y su gesto trasuntaba desánimo y desencanto.

-Básicamente me ha dicho que no hemos venido al fin del mundo a buscar el esqueleto de un escocés. Lo que interesa al Ahnenerbe y la Sociedad Thule es una suerte de eslabón faltante entre los precursores que suponen habitaron en esta zona y los arios actuales. No sé que quieren, una especie de atlante.

-Lo cual no es ninguna novedad para ti.

-El que hemos realizado es un hallazgo arqueológico importante- dijo Scheimberg abatido- Demuestra la expansión indoeuropea a esta zona mucho antes de lo conocido. Las otras expectativas son simples quimeras.

A continuación miró alarmado a Wolfram. Si esa frase hubiera sido oída por otros miembros de la expedición, entre los que no faltaban informantes de las SS, ese desliz podría haber tenido consecuencias graves para él. Luego suspiró aliviado; aunque nunca se había manifestado libremente sobre el tema, conocía el escepticismo del joven sobre las teorías raciales del nazismo. El humor de Scheimberg cambió de abatimiento a un dejo de envidia. Al menos Wolfram había hallado en el Desierto de Gobi algo que le daba razón a su vida, aunque fuera entre las piernas de una danzarina sagrada.

- ¿Qué haremos ahora?- preguntó el muchacho.

-Volver a la excavación, en particular a la gruta vecina que descartamos la primera vez.

La caverna era larga y sinuosa y tenía diversas derivaciones. Los hombres se dividieron y Wolfram se internó con una antorcha en un túnel cuyo suelo estaba cubierto de arena. En uno de los recodos tropezó con una roca semicubierta que le hizo rodar por tierra. La antorcha felizmente no se había apagado y la recogió mientras aún se hallaba de rodillas. Al incorporarse un reflejo llamó su atención. Un objeto brillante había quedado al descubierto con su caída. Apartó la arena que aún lo cubría parcialmente y vio que se trataba de un disco dorado de unos cinco centímetros de diámetro. Lo recogió con un pañuelo y lo examinó a la luz incierta de la antorcha. Claramente era una especie de medalla de oro de forma toscamente circular con ciertas incisiones que le atrajeron. Al observarlas pegó un brinco. Mientras que en el anverso unas rayas quebradas podían ser letras de algún alfabeto olvidado, en el reverso lograba divisar claramente una cruz *swastika*, aunque sus bordes estuvieran un tanto desgastados quizás por la abrasión de la arena.

En ese momento apareció silenciosamente Scheimberg de entre las sombras detrás de él. El joven le mostró la pieza encontrada y notó la excitación en la cara de otro.

Ambos se dedicaron a remover con precaución la arena de la proximidad del sitio donde había desenterrado el disco, y fue entonces que surgieron a la luz del farol de Scheimberg.

Los huesos, obviamente craneales, eran de un espesor excesivo para ser plenamente humanos.

Los dos hombres se miraron en silencio.

Nueva York
Época actual

Capítulo 1

Una vez terminado el trámite en el sector de Migraciones caminó hacia el área de Reclamo de Equipajes donde los pasajeros se arremolinaban a la espera de que sus maletas aparecieran en la cinta transportadora que correspondía al vuelo respectivo.

Dado que lo único que llevaba consigo eran una mochila amplia y una valija pequeña con ruedas que había colocado en Buenos Aires en el portaequipajes que se hallaba arriba de los asientos, pasó de largo rumbo a la salida. En total el proceso de ingreso a los Estados Unidos le había insumido tres cuartos de hora, mayormente por la larga cola que los extranjeros debían hacer frente a Migraciones. Al salir al enorme vestíbulo se mezcló con desorientados viajeros de todas las razas y nacionalidades que se mezclaban con agentes de transportes internos en busca de clientes para llevarlos a los distintos hoteles de la ciudad. El muchacho sonrió; Nueva York le ofrecía su nervioso y ajetreado rostro habitual. Los recuerdos de su extensa estadía anterior acudían en tropel a su memoria, y todos los olores y sabores de la ciudad inundaron sus sentidos. Resueltamente se dirigió al área de los autobuses que se dirigían al centro de la ciudad donde buscaría alguno que lo aproximara a su destino. El resto del trayecto lo haría en metro o caminando; hasta donde recordaba la zona de Gramercy Park era residencial y tranquila y se preguntaba que haría su pariente lejano en un área elegante.

Su corazón estaba jubiloso; a los veintitrés años recién cumplidos en su casa en Buenos Aires Martín Colombo regresaba a Nueva York luego de cuatro de ausencia; la ciudad era en su mente el portal de todo tipo de aventuras y experiencias. A fin del año anterior había rendido sus últimas materias en la Universidad Tecnológica Nacional que lo habían convertido en ingeniero industrial y antes de entrar a trabajar en la pequeña consultora en sistemas montada por su hermano Román habían convenido con él y sus padres que dedicaría el período siguiente a recorrer el mundo para luego entrar de lleno en el mundo adulto del trabajo, en una suerte de año sabático *sui generis*. A tal fin contaba con poco dinero pero al menos tenía un contacto que según su padre le brindaría albergue y a quien podría ayudar en sus tareas a cambio de una pequeña remuneración; la naturaleza de las tareas y de las actividades eran desconocidas para Martín en ese momento pero en realidad no le preocupaban en lo absoluto en tanto le dieran tiempo y libertad para recorrer la ciudad y en realidad el país.

El contacto era un pariente lejano de nombre Dennis que procedía de una rama de los Colombo que habían emigrado a Estados Unidos al mismo tiempo su abuelo se radicó en Argentina. El padre de Martín había conocido a miembros de esa rama que habían permanecido en Italia cuando había visitado la pequeña ciudad de Inveruno, en la provincia de Milán. Cuando Martín había viajado anteriormente a Nueva York su padre aun no había estado aun en Inveruno y no sabía de la existencia de ese pariente, por lo que no lo habían conocido. Cuando ambos trataron de averiguar a qué se dedicaba Dennis las respuestas habían sido vagas por lo que presumieron que en realidad los Colombo de Italia no lo sabían.

Pulsó el timbre del apartamento y mientras esperaba la respuesta paseó su vista por el apacible vecindario con sus casas construidas obviamente en distintas épocas pero de aspecto sobrio y distinguido y recién cayó en cuenta de las pocas personas que transitaban a esa hora, experiencia tan distinta al ritmo febril habitual en Nueva York. Estaba sumido en esos pensamientos cuando sonó el portero eléctrico y una voz masculina le habló desde el apartamento 3C, al que había llamado.

-Soy Martín Colombo.- Dijo en un inglés aun vacilante.

-Pasa.- Contestó sucintamente el interlocutor en voz ronca.-Los ascensores están al fondo del pasillo.

Dennis Colombo resultó ser un hombre corpulento de unos cuarenta años; en ese momento estaba sin afeitar y su aspecto era un poco desaliñado, pero al verlo le sonrió y se apartó de la puerta para permitirle el acceso.

La sala de estar era amplia y estaba amueblada someramente pero con buen gusto y a Martín se le antojó que atrás de ese aspecto había una mano femenina. Varios libros estaban abiertos y desparramados sobre lo que obviamente era la mesa del comedor, y a su lado había blocks de anotadores garrapateados. En un extremo de la sala, próxima a una ventana había una mesa de trabajo con dos computadoras, una impresora y otros artefactos tecnológicos.

-Ven, voy a mostrarte lo que será tu habitación.- Dijo Dennis mostrándole el camino a través de un corto pasillo. El cuarto era pequeño pero acogedor y tenía una cama de una plaza pero amplia, un ropero con mucho lugar para las escasas pertenencias del muchacho y una mesa de luz. También cercana a la ventana había una pequeña mesa de trabajo; el lugar lucía limpio y ordenado. Martín dejó la maleta y la mochila sobre la cama.

-¿Y qué te parece?

-Muy bien, es todo lo que necesito y lo que tengo en mi propia casa.

-Ven.- Dijo Dennis.-Vamos a tomar un café.

En el momento en que ambos se dirigían de regreso a la sala y el dueño de casa se encaminaba hacia lo que evidentemente era la cocina se oyeron ruidos de llaves procedentes de la puerta del apartamento.

-Es Deborah, mi novia.-Explicó Dennis; al ver el gesto dubitativo del joven agregó de inmediato.

-No te preocupes, Debbie no vive aquí, tiene su propio apartamento cerca del Central Park, pero tiene llave de mi casa y pasamos juntos bastante tiempo.

-Está bien por mí. No pienso pasar mucho tiempo dentro del apartamento; deseo volver a recorrer la ciudad.

Deborah Liberman entró en el apartamento y colgó su abrigo de unos ganchos ubicados a tal fin junto a la puerta. Martín la contempló admirado y sin pronunciar palabra. De unos treinta años, alta, rubia, de ojos intensamente azules, rasgos armoniosos con una nariz de perfil ligeramente semítico, la mujer era hermosa y de aspecto distinguido de modo que producía un impacto con su sola presencia; vestida con una casaca y falda celestes de indudable calidad que hacían presumir aun a un ignorante absoluto de la moda como Martín que se trataba de ropa de marca. El contraste con los jeans gastados y el pullover un tanto deformado por el uso del joven recién llegado hizo que éste se sintiera un tanto fuera de lugar; este sentimiento se vio sin embargo relativizado al mirar de reojo a Dennis, que se hallaba ataviado aun más modestamente.

-Martín, te presento a Debbie.-Dijo Dennis, sacando al muchacho de su estupor.- Debbie, este es Martín.

Siguiendo la costumbre de su país el joven se acercó a besar a la mujer en la mejilla, pero ella se anticipó extendiéndole la mano. -Siéntense a la mesa. -Agregó el dueño de casa. Ya vengo con el café. Martín se sentó en un extremo de la mesa; al mirar hacia adelante sintió que los hermosos ojos de la mujer estaban posados sobre él lo que incrementó su sensación de incomodidad, pero al mirarla de frente vio que ella lo miraba sonriente aunque en silencio. En ese momento regresó Dennis con la cafetera humeante. Debbie se apresuró a sacar unos pocillos y platos de un armario y los colocó sobre la mesa, de modo que el hombre los llenó. Recién entonces se oyó la voz de la mujer y a pesar de su falta de práctica en el idioma de inmediato Martín percibió que ella hablaba un inglés culto.

-De modo que tú eres el pariente perdido de Sud América.- El tono era amistoso.

-Argentina.-Precisó el muchacho.

-Argentina.-Repitió ella calmadamente.- Ya me han contado que en tu país son orgullosos.

-Yo...en realidad no quise...

-¿Y quién te lo ha contado?- Interrumpió Dennis dirigiéndose a la mujer con el propósito oculto de sacar a su pariente del embarazo.

-Estudiantes latinoamericanos.-Respondió ella.

-Debbie es profesora en una academia de arte.- Explicó Dennis.

-Tienen parientes guapos en Argentina.- Comentó la mujer.- Sin duda a Selma le gustaría conocerlo.

-Selma es su hermana menor.- Explicó Dennis.

-Alto, de ojos y cabellos claros. No es la idea que tenemos de los italianos en Nueva York.-Agregó la mujer.

-Los Colombo vienen del norte de Italia.- Dennis había tomado a su cargo dar las explicaciones de todo lo que se decía.

-Quiero escucharte hablar.- Dijo Debbie dirigiéndose ahora a Martín.- ¿Hablas inglés? Cuéntame de tu vida.

Alentado por la buena onda de sus dos interlocutores el joven comenzó a contar su breve biografía, interrumpido cada tanto por preguntas de los dos americanos, que obviamente tenían poca información de su país.

-Así que has ido a esquiar el invierno pasado.- Dijo la mujer.-Uno asocia a América Latina con climas tropicales.

-El sur es muy frío. Tú sabes... la Patagonia, Tierra del Fuego...la Antártida no está muy lejos.

A medida que hablaba Martín se hallaba más cómodo hablando inglés y la velada con el intercambio de información prosiguió durante varias horas, hasta que Dennis dijo.

-Es hora de cenar.

Martín miró discretamente su reloj. Debbie se percató y expresó.

- Son la siete y media p.m. ¿A qué hora cenan ustedes en tu país?

-Difícilmente antes de las nueves de la noche, pero tengo hambre, hoy comí poco debido al viaje.

-Voy a pedir que nos traigan la comida.-Resolvió Dennis.- Elijan, italiana, china o india. Es el repertorio que tenemos en la zona.

-¡Nada de eso!- Dijo Debbie poniéndose de pie.-Hoy cocinaré yo. Vamos a hacer probar a Martín una cena neoyorquina.

-¿Existe tal cosa?-Preguntó jocosamente Dennis.- Bien, tú sabes mejor que yo las provisiones que hay en la heladera.

Capítulo 2

E staba regresando de su visita a The Cloisters y en el largo viaje con autobús meditaba sobre la primera semana transcurrida desde su llegada a Nueva York. Se había mantenido fiel a su intención declarada de conocer los sitios notables que no había visitado en su anterior estadía en la ciudad con sus padres. Al día siguiente tenía pensado visitar el Ground Zero y las notables construcciones que se habían levantado en torno al emblemático lugar.

Pero no eran pensamientos turísticos los que le rondaban su mente en los últimos dos días. Una vez que su afán juvenil de conocer había tenido un comienzo de satisfacción volvía a primer plano el compromiso que había adquirido con su pariente y que justificaba, al menos en lo formal, la hospitalidad que Dennis le brindaba admitiéndolo en su casa. Dicho compromiso, aunque nunca expresado explícitamente, consistía en ayudar al anfitrión en sus trabajos y estudios. Sin embargo, en ese momento Martín debía admitirse a sí mismo que no tenía idea sobre qué consistían esas labores. Mientras iba abstraído mirando la sucesión de paisajes urbanos a través de la ventanilla del bus el joven tomó la determinación de abordar directamente el tema con su primo lejano pues ya sabía que Dennis nunca le reclamaría ayuda a cambio del hospedaje.

En ese momento el vehículo hizo una de sus paradas y ascendió una muchacha negra de facciones muy agraciadas y un cuerpo de curvas espectaculares; los ojos del muchacho no pudieron despegarse de su trasero hasta que de pronto se cruzaron con los de una anciana, también negra, que lo miraba con un aire que Martín interpretó de reproche. Sus pensamientos cambiaron rápidamente y recordó que esa noche estaba invitado a cenar con Dennis y Deborah en el apartamento de la mujer, y que a la reunión iba a concurrir Selma, a la que aún no conocía pero sobre quien su pariente le había comunicado mediante guiños y sonrisas que compartía la belleza de su hermana. Esta reunión había generado expectativa en el muchacho, que ya llevaba sólo un cierto tiempo sin compañía femenina.

-¿Estás listo? Debemos salir ya para llegar a las siete.- La voz de Dennis le llegó desde la sala.

-Ya voy.- El muchacho se apresuró a terminar su tarea; Dennis le había prestado una plancha eléctrica y había sacado su mejor camisa de la maleta donde se encontraba hasta ese momento y la estaba planchando sobre la cama. La levantó y juzgó el aspecto general de la prenda, que le pareció satisfactorio de modo que procedió a ponérsela de inmediato.

-Ya estoy.- Dijo entrando en las sala mientras se ponía la chaqueta.

-Vamos entonces.-Dennis abrió la puerta del apartamento y ambos salieron prestamente.

El edificio donde vivía Deborah era elegante y todo en él respiraba un aire de categoría, reforzado al entrar en un vestíbulo lujoso una vez que la mujer les abrió la puerta en forma remota.

Debbie lucía resplandeciente como siempre, hecho que tenía intrigado a Martín, que a pesar de ser un joven atractivo apenas conseguía tener un aspecto presentable. Al entrar en el apartamento, el muchacho pudo apreciar que estaba amoblado y decorado en forma sumamente sobria, a pesar de disponer de todas las comodidades. El aspecto despojado era logrado evitando la acumulación de objetos innecesarios que toda casa termina juntando. La pintura del interior y los cortinados lograban mantener una luminosidad que estaba acorde con el impacto minimalista que causaba.

En ese momento una muchacha surgió de lo que evidentemente era la puerta de una de las habitaciones interiores. También rubia y de ojos claros, de contextura más bien delgada y sus rasgos denotaban a las claras el parentesco con Deborah. Como solía ocurrirle con lo relacionado con esta última Martín se sintió impactado por la joven y momentáneamente sintió que se le trababa la lengua.

COMO YA HABÍA OCURRIDO anteriormente, Debbie salió en su auxilio.

-Martín, esta belleza es mi hermana Selma. Según mi padre el diamante de la familia, lo que dicho sea de paso, me hace sentir celosa.- El tono era sin embargo jocoso.

Una vez más el muchacho no sabía cómo proceder, lo que fue salvado esta vez por la misma Selma que le extendió la mano.

-Debbie me dice que ustedes se besan en la mejilla en el mismo momento en que se conocen.- Dijo en tono inquisitivo.- ¿Lo consideran higiénico?

-Bue...bueno, yo...no sé, es la costumbre.

Una vez más Debbie salvó a su huésped de su desconcierto. Prorrumpió en una sonora carcajada.

-Bien Martín, debes saber que mi hermana es así de frontal y que suele proceder de esa manera para dejar descolocados a todos los muchachos...particularmente a aquellos que le gustan.

Esta vez fue el turno de Selma de ruborizarse mientras exclamaba.

-¡Oh Debbie! Me pregunto si eres mi hermana o mi enemiga. Con que derecho interpretas mis acciones a tu manera.-Sin embargo no pudo evitar que su tono sonase a falsamente ofendido.

Debbie sirvió los postres luego de un menú formado por platos cocinados por ella misma junto con otros comprados en algún *delivery* pero que formaban un conjunto homogéneo. La charla había estado referida a temas circunstanciales como el mismo menú o las cercanías de apartamento de la mujer. En el momento del café Selma, que había aportado relativamente poco al diálogo movió su silla hacia atrás como para ganar algo de perspectiva desde ella, enfocó sus ojos en Martín y preguntó.

-La novedad de esta noche la constituyes tú.- El tono era decidido y un tanto inquisitivo pero cordial. Sin embargo encendió algunas alarmas en el muchacho que hasta ese momento estaba en una zona de confort con la charla intrascendental.

-Cuéntanos algo sobre ti.- Prosiguió la joven.

- ¿Algo como qué?- ¿Qué quisieran saber?

- En realidad aún siendo parientes yo tampoco sé mucho sobre ti.- Agregó inesperadamente Dennis,- Me uno al pedido de Selma.- Dinos algo de Buenos Aires, de tu familia, de tus estudios, tus amigos.

Fue el turno de Martín de apartar su silla de la mesa y reflexionar sobre lo que iba a decir.

-Bien, espero que mi pobre inglés no me traicione...

-Tu inglés es mejor que el de muchos neoyorquinos.- El tono de Debbie era estimulante a la vez que demostraba que también ella tenía curiosidad sobre su invitado.

- Quien vino a Argentina fue mi bisabuelo Paolo Colombo... -El muchacho se oyó hablando con una seguridad insospechada un minuto antes.-... quien se terminó casando con la hija de un inmigrante vasco...

La exposición duró unos diez minutos sin interrupciones de los otros comensales.

-...y supongo que a mi regreso al país comenzaré trabajar con mi hermano Román en su pequeña empresa.

-De modo que este viaje es una especie de transición antes de ser iniciado en el mundo de los adultos.- Concluyó Debbie.

-Un siglo atrás los jóvenes de clase media alta anhelaban con un viaje a las junglas de África antes de entrar en un emprendimiento familiar.- Prosiguió reflexivamente la dueña de casa.- Hoy tú has elegido la jungla de Nueva York para calmar tu sed de aventuras. Dime, ¿que ha guiado tu elección? ¿Porqué Nueva York?

- Bien...supongo que tener un pariente, aunque lejano como Dennis, tuvo alguna influencia en la elección.

La voz y el tono de Selma sorprendieron a todos.

-Al margen del sitio escogido has tomado una decisión que exige al menos algo de coraje. ¡Te envidio! Es más de lo que yo he hecho, aunque tengo tu misma edad.

-Esa declaración es sorprendente para mí que te veo casi a diario.- Exclamó con sinceridad Debbie. ¿De modo que también tú tienes sed de aventuras?

-¿Y qué hay con ello? ¿Crees que no debiera?- Selma se oía un poco enojada.- ¿Porque, por mi sexo?

-No, no, no.- Atajó la hermana.- No me malinterpretes. Me encanta que tengas proyectos propios y aun ocultos. Es sólo que no tenía idea de ellos.

-¡Bah! Desvaríos de jóvenes burguesas que tienen sus problemas económicos resueltos desde la cuna. Si tuvieras que ganarte la vida tendrías otros deseos escondidos. -El tono de Dennis era realista, sin rencores.

-¡Oh! Ya cállate, proletario.- Exclamó Debbie que se hallaba sentada al lado de su novio, dándole un empellón tras lo cual ambos prorrumpieron en carcajadas.- Luego se volvió a su hermana y le dijo en tono tierno.

-Quiero que me cuentes más de esas ansias insatisfechas. Como tu hermana mayor tengo no el derecho sino el deber de conocerlas.

-No puedo ser más precisa, no sé cómo definir este...ansia. Simplemente he jugado siempre el rol de niña rica...

-Hay roles peores.-Acotó Dennis con su habitual ironía.

-...y quisiera experimentar algo distinto.

-¿Y estarías dispuesta a asumir algunos riesgos?- Preguntó súbitamente seria su hermana.

-Sí, claro.

Imprevistamente Debbie y Dennis se intercambiaron miradas, las que no escaparon al escrutinio de Martín que seguía la escena sin pronunciar palabra. Un momento de un silencio denso siguió a ese diálogo. Deborah realizó una casi imperceptible señal de asentimiento con su cabeza a su novio, la que también fue interceptada por el argentino. Imprevistamente Dennis se puso de pie con el gesto de un hombre que ha tomado una decisión. Su cara había abandonado el gesto divertido que usualmente lucía y aparecía seria.

-Bien, ya antes Martín me había anticipado que quiere colaborar conmigo en mi...en nuestro trabajo.- Dijo señalando con la cabeza a Debbie, quien volvió a asentir.- Y ahora tú Selma deseas sacudir tu modorra y aceptar riesgos.

Hizo un silencio que duró unos instantes y luego prosiguió.

-Daremos curso a esas inquietudes.- Nueva mirada a Deborah.- Para ello nos reuniremos pasado mañana sábado en mi apartamento.

Para entonces Debbie y yo tendremos preparada una propuesta. ¿Está bien a las 10 de la mañana?

Capítulo 3

-¿Alguna vez han oído el nombre Bluthund? *- Preguntó Dennis en un tono pretendidamente casual, mientras volvía de la cocina con una cafetera humeante.

*cf. "Runas de Sangre", del mismo autor.

-No jamás.- Contestaron al unísono Selma y Martín. El último cerró la boca permitiendo que fuera la joven quien siguiera hablando, en una actitud que se repetiría en el tiempo.

-¿Debiéramos haber oído?- Agregó la muchacha.

-En realidad no.- La respuesta del dueño de casa fue paradójica.- Me alivia saber que el secreto está bien guardado.

En ese momento se oyó la puerta del apartamento abriéndose e ingresó Deborah con un paquete de confituras que había ido a comprar en un negocio de los alrededores; a continuación de dispuso a escuchar la conversación absteniéndose de hacer comentarios. Una vez que se hubo sentado a la mesa con los demás Selma volvió a formular una pregunta dirigiéndose a Dennis, ahora su tono tenía un dejo de impaciencia juvenil.

- Nos quieres contar de una vez por todas que es ese Blood...lo que sea.

-Bluthund. Es una palabra alemana que significa sabueso.- Debbie intervino por primera vez en la conversación; luego miró interrogativamente a su novio.

-No, no. Prosigue tú.- Dijo Dennis mientras servía el café.

-Pueden por favor terminar con ese secretismo y explicarnos de que estamos hablando. -Selma no tenía mucha paciencia.

-Bluthund es un grupo informal, sin estatutos aunque con un cuerpo directivo, que se fue formando en las redes sociales pero luego tomó un carácter más hermético y hasta un tanto cerrado. Nuclea a investigadores de las más diversas disciplinas, los que a menudo no se conocen personalmente entre sí, y sin embargo colaboran a través de Internet en la resolución de casos y problemas de difícil gestión. No tiene sostén ni de gobiernos ni de ningún tipo de organizaciones. Tienen ciertas..."particularidades".

-¿A qué te refieres?- La conversación se había reducido a un dialogo entre las dos hermanas.

-A los métodos de investigación.

Hubo unos instantes de silencio.

-¿Y bien? ¿O tendremos que sacarte cada palabra con un sacacorchos?- La hostilidad de Selma era sólo aparente.

-Es que nos cuesta hablar de este tema con gente no perteneciente al grupo.

-Pero los hemos citado hoy justamente para introducirlos en el tema.- Terció Dennis.- ¿Hablas tú o lo hago yo?

-Tienes razón. Bien, ahí va.- Debbie tomó aire y comenzó su explicación.

-Los métodos que utiliza Bluthund en sus investigaciones provienen tanto de las ciencias positivas como de saberes "alternativos".

-¿Qué quieres decir con alternativos?- Era la primera vez que Martín participaba activamente.

-Justamente no basados en esas ciencias positivas, sino en conocimientos tradicionales, en arcanos de distintas culturas.

-¿Arcanos?- Selma frunció la nariz al preguntar.

- Si, cosas ocultas, misteriosas, secretos que provienen del fondo de los tiempos y han sido exhumados por investigadores modernos.

-Suena a esoterismo. ¿Me equivoco?- Preguntó el argentino.

-Quizás, pero no se les atribuye un valor sagrado sino práctico. Se los toma como métodos que no se pueden explicar a la luz de la ciencia pero ayudan a resolver problemas.

-¿Problemas? ¿Qué tipo de problemas?- Selma había recuperado la voz cantante en el interrogatorio. Su voz sonaba siempre inquisitorial.

-Temas inexplicables, bizarros, intrigantes, procedentes a menudo del pasado pero con repercusiones actuales. Hechos políticos, culturales o policiales, o la mezcla de todo eso. Los temas son propuestos por los diversos miembros de Bluthund en cualquier parte del mundo y el grupo se pone a investigarlo, sin plazos temporales.

Selma iba a formular alguna otra pregunta pero fue inesperadamente interrumpida por Martín, el joven había echado su cuerpo hacia adelante, en una posición de máxima atención.

-¿Y tienen casos de éxitos en sus pesquisas?

-Te sorprenderías.- La respuesta provino de Dennis, aliviado al constatar que su pariente había sido atrapado por el tema.- Dime, ¿Qué opinas de lo que has escuchado hasta ahora?

-Todo esto tiene un aire a.... No sé cómo definirlo. ¿Están trabajando en algún tema específico ahora?

-Sí, de hecho tenemos un caso endiabladamente complicado entre manos.- El dueño de casa sonrió al ver que había captado el interés de Martín.

-Cuéntanos de qué se trata.- El cambio en la modulación de la voz de Selma demostraba que ella también había sido arrastrada por el halo de misterio que había seducido primeramente al otro joven.

Ya habían terminado el café. Dennis se levantó de su silla y dijo a sus contertulios.

-Pasemos a mi oficina...es decir a la sala. Tengo cosas para mostrarles.

El amplio escritorio que usaba Dennis para trabajar estaba cubierto de libros abiertos y papeles diversos. Una computadora de escritorio y dos *notebooks* parpadeaban por efecto de los sistemas de ahorro de energía. El hombre acercó sillas del comedor para todos, y una vez que se hubieron sentado inquirió.

-Voy a formularles otra pregunta extraña. ¿Han oído hablar de Agartha o de Shambala?

Los rostros de los dos jóvenes demostraban nuevamente perplejidad. Selma fue la primera en reaccionar.

-Shambala, me suena a una banda o canción de rock.

Dennis estalló en una sonora carcajada; Debbie lo miró desafiante y le dijo en tono de reproche.

-No te rías de ellos, son dos jóvenes que tienen un mundo conocido limitado a su generación.

-No, no, perdón. No pretendía burlarme, pero la observación me tomó desprevenido.

-Bien, ¿Vas a explicarnos de qué estás hablando o no?- Ahora era Martín el que lucía impaciente.

Dennis lucía divertido al ver el interés suscitado por su pregunta; se reclinó en su silla y comenzó su explicación.

- Ambos son términos que provienen del esoterismo aunque de distintos ámbitos culturales. Agartha está más ligado a la teosofía de Occidente mientras que Shambala es un mito recurrente en diversas tradiciones orientales. Sin embargo, ambos tienen algunos elementos comunes.

-¿Por ejemplo?

-Los dos términos se refieren a reinos míticos en Oriente, escondidos para los seres humanos, aunque algunos de sus habitantes pueden tener contacto esporádico o permanente con los hombres y mujeres corrientes. Voy a pedirle a Debbie que nos refiera lo relacionado con Agartha.

La mujer meditó un momento como iniciar su exposición.

-Quien dio en el siglo XIX una referencia a Agartha más o menos completa fue Madame Helena Blavatsky, una rusa creadora de la Teosofía, basándose aparentemente en tradiciones muy anteriores. Luego fueron usados tanto el nombre como el concepto por ocultistas del siglo XX como Roerich y Ossendowski. Básicamente Agartha está relacionado con la creencia de que la Tierra es hueca, que existen en su interior ciudades y reinos de razas sobrehumanas o al menos más evolucionadas que los humanos las que evitan el contacto con estos. Esos mundos subterráneos se comunican con la superficie terráquea por medio de entradas secretas escondidas en las cumbres de las montañas, en el Desierto de Gobi, y aún bajo los océanos. Los seres que habitan esas grandes galerías subterráneas son no sólo más desarrollados que los humanos en el terreno científico sino también en sus poderes sensoriales y sobre todo en sus conceptos morales. Fueron a habitar en el interior de la Tierra hace muchísimo tiempo cuando se percataron que iba a ocurrir el Diluvio Universal, por lo que pudieron sobrevivir al mismo.

-¡Todo esto es increíble!- Exclamó Martín.- ¿En que basan afirmaciones tan audaces?

- Sí ¿Qué evidencias tienen para demostrar lo que están diciendo?- Agregó Selma.

Viendo la agitación producida entre los oyentes por el mito Debbie decidió continuar con precaución.

- Las presuntas evidencias son profecías y afirmaciones hechas por clarividentes y recogidas y amplificadas por ocultistas de diversas escuelas.

Viendo gestos de escepticismo en los rostros de los jóvenes Dennis creyó oportuno agregar una acotación.

- No olviden que el hecho de que Bluthund recoja estos testimonios no implica que sus miembros compartamos las teorías de esos ocultistas. No debemos olvidar que muchas religiones antiguas eran capaces de prever eclipses y otros acontecimientos astronómicos con gran precisión a pesar de que creían que los astros eran dioses. Los babilonios son un buen ejemplo.

- Es decir, aunque esas teorías se basen en creencias absolutamente erróneas pueden sin embargo proporcionar herramientas útiles para el análisis de problemas.- Completó Deborah.

-Concedido. Sigue adelante.- Pidió Selma a su hermana.

-Los sitios propuestos como portales a ese mundo subterráneo varían según los autores y van desde Siberia, la Cordillera de los Andes y la selva amazónica, pero el mencionado con más frecuencia es el Desierto de Gobi, en el Asia Central. Bajo sus arenas y piedras se hallaría la raza más avanzada de esos seres subterráneos. Eso explica que haya sido el sitio elegido por los esoteristas nazis en sus búsquedas.

-¿Nazis? ¿Qué papel juegan en todo esto?- El rostro de Selma evidenciaba disgusto.

Capítulo 4

-Si Selma. –Respondió Dennis de inmediato.- No se puede explicar el fenómeno del nazismo sólo por razones o sinrazones económicas o políticas. Todo su detestable ideología racista de la superficie estaba basada en creencias esotéricas que le comunicaban algunos de sus líderes, sobre todo el mismo Hitler, sus subordinados Hess, Rosemberg y sobre todo Heinrich Himmler, el todopoderoso creador de las SS y de los campos de concentración. Todos ellos usaban los servicios de videntes y de alguna forma fueron moldeando la ideología nazi sobre bases ocultistas. Su núcleo central fue generado por una organización secreta llamada Sociedad Thule, creada por una tal von Sebottendorff antes de la asunción del poder por los nazis. Creían que bajo el Desierto de Gobi yacían las claves del nacimiento de la raza aria y que allí había que buscar sus orígenes.

-Deben saber que entre 1931 y 1936 los nazis enviaron dos expediciones pseudocientíficas a Tíbet a buscar rastros de esos orígenes en las poblaciones dispersas en el Himalaya.- Interrumpió Debbie.- Esas expediciones estuvieron cargo de un biólogo llamado Ernst Schäffer y en su trascurso realizaron miles de mediciones antropométricas a aldeanos tibetanos, afirmando que los líderes de ese pueblo tenían rasgos genéticos arios. El mismo Himmler creía ser la reencarnación de un remoto rey sajón llamado Enrique el Pajarero.

-¿Cómo es posible que creencias tan absurdas hayan llegado al poder en sociedades cultas y de alto nivel científico como la Alemania de aquella época?

- Es buena pregunta.-Respondió Deborah.-Pero me temo que no tengo una buena respuesta.

Martín, que había estado en silencio hasta ese momento súbitamente se puso de pie y espetó.

-He escuchado con atención todas sus explicaciones pero me surge una duda. El grupo al que ustedes pertenecen... Bluthund, ¿Está interesado en todo este tema de Agartha, Shambala y el esoterismo nazi por pura curiosidad digamos...académica? ¿O les mueve algún motivo más concreto?

Dennis, obviamente satisfecho por la pregunta sensata de su pariente, hizo una señal a su novia indicando que él se haría cargo de la respuesta.

-En realidad, por ambas cosas. Todos estos temas armonizan perfectamente con los "saberes alternativos" que manejamos en Bluthund, y ya nos hemos tropezado con los mitos nazis en el pasado.- En ese momento hizo una pausa.

-...Pero también es cierto que el hecho de que nos estemos ocupando ahora de estos temas obedece a un tema concreto y muy material. Un tema que ha concitado el interés de algunos de nuestros miembros.

-¿De qué se trata?- Selma recuperó la voz cantante.

-Aún no tenemos toda la información, y justamente el próximo fin de semana hemos organizado una reunión con uno de nuestros colegas que ha investigado este asunto y lo ha propuesto a Bluthund como área de trabajo. Esta persona nos pondrá al tanto de los detalles. Se trata de Jack Berglund, uno de los que ha actuado en el área de la mitología nazi en el pasado. **

** cf.op.cit

- Nunca me lo has mencionado.- Dijo Selma a su hermana.- ¿Quién es este Jack?

-Un runólogo americano; vive aquí en Nueva York.

-¿Runólogo?

-Especialista en runas escandinavas. Justamente tomó contacto con el tema nazi porque estos usaban runas en su mitología. Por ejemplo las temibles formaciones SS tomaron su nombre de una runa llamada Sowilo.

-¿Y porque recién el próximo fin de semana?- La impaciencia de Martín era el fiel reflejo del interés que el tema le había despertado.

-Porque Jack debe tomar ciertos recaudos para movilizarse.

-¿Qué ocurre? ¿Tiene cuentas pendientes con la justicia?- La pregunta de Selma era lógica.

-No. Las cuentas con la justicia ya las ha pagado. Eran asuntos relacionados con su actividad profesional. Los enemigos de quienes debe cuidarse son otros, más ocultos y más temibles. Por eso se deben tomar recaudos especiales.

Selma y Martín se miraron un tanto desconcertados.

- Por esa razón nos prepararemos el fin de semana para un picnic.- Prosiguió Dennis.

-¿En serio?

-Sí.

El Bear Mountain State Park (Parque Estadual de la Montaña del Oso) está situado en el Condado Rockland, en una zona montañosa del estado de Nueva York situada en el margen oeste del Río Hudson. La zona incluye paisajes lacustres, arroyos y bosquecillos aptos para picnics.

Dennis guiaba en silencio un auto alquilado y recorría la ruta para poder concentrarse en las numerosas curvas del camino y determinar el lugar elegido para la reunión.

-¿Ya te has reunido aquí antes?-Preguntó Debbie.

- Sí, hace un par de años. Espero recordar la curva en que tenemos que dejar el camino y estacionar.

-Se ven muy pocos autos y poca gente en este sitio.- Dijo Martín.

-El clima está muy variable y el pronóstico de hoy indica lluvia. No es un día que muchos elegirían para un picnic.- Contestó Deborah.

-Debbie, creo que hay ciertos datos sobre Jack que Selma y Martín debieran saber antes de reunirnos con él. Yo quiero concentrarme en el manejo del auto. ¿Por qué no les cuentas tú?

-Bien.-Respndió la mujer, tomándose unos momentos para ordenar sus ideas.- Como les dijimos, Jack estuvo preso por su participación en un hecho relacionado con Bluthund, y por motivos que nunca supimos fue dejado en libertad al poco tiempo. Aquellos que movieron sus influencias para dejarlo libre trataron de manipularlo pero él no se avino a sus propósitos y lo persiguen desde entonces. Jack tenía una novia llamada Lakshmi Dhawan, una mujer nacida en la India y miembro del FBI, que compartió muchos de los eventos que ocurrieron entonces (***) pero cuando Jack fue condenado terminó casándose con otro académico miembro de Bluthund, un islandés llamado Ingo Ragnarsson, con quien tuvo una hija, Alina, que hoy debe tener unos seis años. Eventualmente Lakshmi e Inga se divorciaron y cuando Jack fue liberado intentó regresar con ella. No hay duda de que Lakshmi y Jack siempre se amaron pero las circunstancias les jugaron en contra. No sabemos qué ocurrió después.

-¡Allí es!-Interrumpió Dennis.-Reconozco el lugar.

Guió el auto hasta una arboleda densa situada en uno de los bordes y allí descendieron todos. Como ya se aproximaba la hora del mediodía Debbie y Dennis extrajeron varias canastas con las provisiones que habían traído.

-Veo que el plan del picnic iba en serio.-Exclamó divertida Selma.

-Planes ocultos o no tenemos que comer.- Fue la sencilla contestación.

-¿Y ahora qué?- Preguntó Martín.

-Ahora comemos y esperamos que Jack aparezca.

-¿No quedaron en encontrarse a una hora precisa?

-Aproximadamente al mediodía.

Ya habían almorzado y habían juntado todos los desechos para disponer de ellos en algún sitio a la salida del parque. Las dos hermanas habían salido a caminar por el sitio con el objeto de llegar hasta un arroyo cercano; el lugar era idílico a pesar del cielo amenazante. Los dos hombres habían quedado sentados en el suelo, conversando de temas banales.

Las mujeres caminaban por el sendero descendiente que llevaba hasta el curso de agua. En un momento Selma se sobresaltó por la agitación de unas ramas de arbustos cercanos tras las cuales aparecía una sombra difusa; asustada la joven miró a su hermana, quien también había percibido el movimiento y se hallaba mirando expectante en esa dirección.

-Hola Deborah.- La voz sonó cercana y produjo en efecto relajante en la mujer, quien corrió hacia un hombre que había surgido de entre la vegetación y lo abrazó, ante la perplejidad de su hermana.

-¡Oh Jack! hace tanto tiempo.

Se aproximaron al sitio donde habían quedado los hombres. Martín estaba de espaldas hablando con Dennis y al oír un ruido se dio vuelta y se encontró solo. Su pariente corría en dirección al grupo que se aproximaba. El argentino miró al recién llegado, un gigante barbudo y pelirrojo mal entrazado que trajo a su mente alguna serie de vikingos.

Dennis había abrazado al hombre y era evidente que ambos compartían con Deborah un viejo afecto.

Dennis hizo las presentaciones con un nudo en la garganta de modo que su novia debió completarla.

<Bien, este es el famoso Jack. Tengo que conceder que tiene una presencia imponente> Pensó el joven; luego miró a Selma y percibió que también la muchacha estaba un tanto impactada.

Dado que el recién llegado no había comido los comensales compartieron la vianda que habían traído mientras acompañaban con un café. La charla fue monopolizada por Debbie, Dennis y Jack Berglund y giraba sobre experiencias compartidas y lo ocurrido después de que su separación, lo que según sus estimaciones había tenido lugar tres años antes.

Una vez que la conversación sobre los recuerdos se fue extinguiendo Jack preguntó a sus viejos amigos.

-Bien ¿Son estos los chicos que van a acompañarnos en esta nueva etapa?

-Sí- Respondió Dennis.-Como ya te hemos explicado antes, ambos están relacionados familiarmente con Debbie y conmigo y son de absoluta confianza.

Berglund se apoyó en el tronco de un árbol, y a pesar de su aparición estresante se veía ahora relajado. Debbie reflexionó que en su vida azarosa el hombre no tendría muchas ocasiones de hallarse seguro entre amigos. En un gesto impulsivo le preguntó.

-Dime Jack, ¿Cómo están tus cosas, tú sabes, las personales?

El hombre miró a Selma y Martín y luego a la mujer.

-Tal como te dijo Dennis, puedes hablar delante de ellos.- Contestó Deborah anticipándose a las dudas de su amigo.

- Como quizás sepan, he dicho a Lakshmi que quiero tener una segunda oportunidad con ella. El problema está en que yo debo esconderme permanentemente y estar juntos limitaría las actividades de ella y de la niña y sería incompatible con su pertenencia al FBI, de modo que debemos contentarnos con vernos en forma clandestina, como nos hemos encontrado nosotros hoy.

El aire con que contestó Jack era triste y mostraba a las claras su estado de ánimo. Para aventar la depresión de su amigo Dennis creyó llegado el momento de hablar del tema que los había reunido. Sin mediar ninguna introducción dijo.

- Jack, háblanos de Agartha.

El aludido se revolvió en su situación de reposo en el tronco mientras buscaba la punta del ovillo para comenzar su narración.

-¿Alguna vez oyeron hablar de Aman Bodniev?

- No, nunca.

-Bodniev es un chamán siberiano que vive en una cabaña pérdida en la taiga, sirviendo como curandero a los escasos habitantes de origen Yakuta que habitan dispersos en esas planicies desoladas. Ha demostrado sus dotes de clarividente en el pasado con notables aciertos en la búsqueda de personas perdidas en la tundra, de objetos y en la predicción de eventos. Siempre ha eludido poner su talento al servicio de los gobiernos rusos, pero cada tanto da a conocer alguna nueva videncia al reducido grupo de personas que lo conocen.

-¿Y ha manifestado alguna de esas...videncias ahora?-En el tono de Dennis se percibía un claro escepticismo.

-Sí, sobre un tema que ha tenido desconcertados a muchos exploradores y aventureros de toda laya durante casi un siglo.

-¿De qué se trata?

Jack volvió a formular una pregunta

-¿Alguna vez escucharon hablar del Barón Roman Ungern von Sternberg?

-No. Tampoco sabemos nada sobre él.

- Bien, esta va a ser una larga historia.-Jack volvió a acomodarse en el suelo.-

- Cuando los comunistas tomaron el poder en Rusia en 1917, tardaron años en extenderlo a todo el inmenso territorio que iba a constituir la URSS. Grupos de aristócratas y personas ligadas con el pasado zarista se sublevaron durante mucho tiempo y enfrentaron con las armas a los bolcheviques. Uno de los más importantes fue el Almirante Alexander Vasilyevich Kolchak, un héroe de la Guerra Ruso-Japonesa y de la primera Guerra Mundial, al mando de la Flota Imperial. Kolchak estableció un estado independiente de los bolcheviques con base en Omsk, hasta 1920 cuando fue traicionado y ejecutado por los comunistas. Sus tropas, constituidas por rusos blancos y polacos realizaron una retirada perseguidos por los bolcheviques a través de miles de kilómetros de territorio ruso, de

Mongolia, China y Tíbet intentando llegar a India. Fue al llegar a Mongolia que encontraron a nuestro personaje, el Barón Ungern.

-¿Quién era éste?- Preguntó Martín, su atención evidentemente captada por la narración.

-El Barón von Ungern Sternberg, posiblemente nacido en los países bálticos, tenía dos características personales conflictivas entre sí. Por un lado era un militar dotado de una gran capacidad estratégica y partidario fanático del nacionalismo ruso. Por otro lado era un místico muy conocedor del budismo y el lamaísmo tibetano, y aparentemente se consideraba a sí mismo una reencarnación del dios mongol de la guerra. Pasó de ser un general en el ejército anti bolchevique en la guerra civil en Rusia a un verdadero señor de la guerra que al comando de su División de Caballería Asiática tomó control de Mongolia, arrebatándosela a los chinos. Esa división era un formidable ejército nómade con gran movilidad y poder de fuego. Ungern era un monárquico que deseaba a la vez restaurar a los Romanov en Rusia bajo el poder de un Gran Duque y a la vez restableció el poder de un tal Bogd Khan en Mongolia luego de echar a los chinos. Se dice de él que quería restaurar en Asia el imperio del Gengis Khan.

-¿Es cierto todo lo que nos estás contando?- Inquirió Selma, cuya mente juvenil también había quedado atrapada por la historia épica que Jack estaba relatando.

-Así es, aunque no es demasiado conocida porque los soviets la han escondido.

- ¿Y cómo sigue la historia?- Urgió Martín, mientras Debbie sonreía al comprobar la atención de la audiencia lograda por su amigo. Este continuó su relato.

-En 1921 Ungern comandó una invasión de Siberia oriental formada por rusos y mongoles, pero eventualmente fue derrotado, capturado y fusilado y este fue el fin de su historia...y el comienzo de la leyenda de su tesoro.

-¿Qué tesoro?-La reacción de Martín fue instantánea.

-EN SUS CORRERÍAS EL Barón Ungern, que era un individuo sangriento y sin muchos escrúpulos, saqueaba las riquezas de las ciudades que conquistaba y según los relatos de quienes lo conocieron, había reunido un tesoro de toneladas de oro y plata, y numerosas piedras preciosas de gran valor. Su propósito no era sólo el enriquecimiento personal sino poner esos fondos al servicio de su proyecto de restauración monárquica.

-¿Se sabe qué pasó con el tesoro?

-Según la leyenda, ante el avance del Ejército Rojo, Ungern intentó ponerlo a salvo enviándolo fuera del país enviándolo con un fuerte contingente de sus tropas pero las mismas no pudieron atravesar la frontera y enterraron el tesoro en las estepas de Mongolia oriental y luego se dispersaron. De esa forma comenzó el mito del tesoro del

"Barón Loco" y aunque muchos lo han buscado nadie lo pudo encontrar hasta ahora.

Luego de su larga narración Jack parecía cansado y afónico, de modo que se tomó un respiro. Al cabo de un rato - Demostrando que no sólo los jóvenes habían quedado enganchados en la historia- Dennis inquirió.

-¿Y cómo entra tu chamán siberiano en esta historia?

Capítulo 5

-**E**sa es efectivamente la novedad.-Respondió Jack.- Parece que ha contemplado en sus visiones una partida de jinetes rusos y mongoles cabalgando la estepa y detenerse en un sitio, deliberar allí y comenzar a excavar para luego depositar su cargamento en el agujero abierto en el lecho de arena y piedras. Finalmente, luego de alisar el terreno y realizar ciertas marcas retornaron por el camino por el cual habían llegado.

-¿Y puede reconocer el sitio?- Preguntó Dennis.

-Sí, por ciertas formaciones montañosas en el horizonte y las marcas dejadas en el terreno.

-Y esa visión... ¿No estaría producida por el vodka?- La pregunta de Debbie en realidad representaba una duda general.

-Los chamanes siberianos no actúan por el influjo del alcohol sino de ciertas hierbas que queman en sus sesiones.

-¿Alucinógenos?

-Con toda probabilidad sí. Lo que no es obstáculo para que Bodniev tenga un historial de hallazgos que estadísticamente no puede provenir del azar.

-¿Ha indicado la zona del presunto tesoro?

-En términos generales sí, pero él debe estar presente en los momentos de la búsqueda para reconocer el sitio valiéndose de sus métodos.

-¿Qué métodos son esos?- Debbie insistía en su escepticismo.

-El hombre es también un rabdomante.

-¿Los que usan una rama en forma de Y para hallar agua? Los hay en Argentina.- Agregó Martín

-Sí, aunque ignoro que instrumento usará. Suelen tener péndulos de algún tipo, con frecuencia muy primitivos.

Un silencio se extendió durante varios minutos mientras sus cuatro interlocutores procesaban las consecuencias de la narración hecha por Jack.

-Y bien ¿Cuál es el plan de Bluthund ahora?- Preguntó Dennis.

-Organizar una expedición a la zona en cuestión, fronteriza entre Mongolia y China. Están buscando por un lado los recursos para financiarla, los permisos para poder trabajar en ambos países en excavaciones y tareas similares bajo pretexto arqueológico, y por último voluntarios dentro de la organización para llevarlas a cabo.- Jack miró a sus compañeros y prosiguió.

-La pregunta es si podemos contar con ustedes.

La pregunta quedó en al aire en el grupo que permaneció en silencio. Finalmente Dennis se hizo cargo de dar una respuesta transitoria.

-Déjanos discutir esto entre nosotros. Te contactaremos cuando lo tengamos decidido. ¿Cómo lo haremos?

-Como ya les expliqué, estamos buscando con Lakshmi la forma de poder convivir sin ponerla en peligro a ella ni a la niña. Espero tener novedades en breve. Los tendré al tanto.

En ese momento el cielo se oscureció y comenzó una lluvia fría que en pocos instantes se convirtió en granizo. Jack se levantó y se cubrió con la chaqueta impermeable dotada de una capucha.

-Ahora debo marchar.

-No puedes irte en medio de esta tormenta.- Dijo Dennis señalando los relámpagos en el cielo. Ven con nosotros al auto hasta que pase.

No, gracias, estaré bien. Ya estoy acostumbrado a luchar con el clima al descubierto. -El hombre abrazó a Deborah y a Dennis y saludó a Selma y Martín; luego sin una palabra más caminó hacia el bosque y se internó en la arboleda. Una granizada con piedras de tamaño medio caía sobre los cuatro contertulios que apresuradamente recogieron el mantel y los elementos que habían usado en el picnic y atravesaron corriendo la distancia que los separaba del automóvil, encerrándose en él de inmediato, dispuestos a permitir que la tormenta pasara antes de ponerse en marcha.

-¡Que será de Jack en medio de esta tempestad!-Exclamó Debbie con un dejo de angustia en su voz.

-Confiemos en sus recursos para luchar en medios adversos. -Contestó Dennis.-Ha sobrevivido a muchas contrariedades en su vida...y sin embargo continúa buscando desafíos.

Cuando Martín tocó el timbre del apartamento de su pariente casi de inmediato se oyó la voz de Deborah en el portero eléctrico que sin pedir que se identificara - Ya que lo estaba visualizando por la pantalla de televisión del artefacto- Le dijo de inmediato.

-Sube. Ya estamos todos aquí.

-Mientras el ascensor lo llevaba al piso de su pariente, Marín repasó los últimos acontecimientos. La noche anterior prácticamente no había podido conciliar el sueño por la excitación que le producía la decisión que acababa de tomar. Tenía plena consciencia de que se aprestaba a comenzar una aventura como jamás había tenido en su vida, y que la mayoría de sus amigos y compañeros de su edad ni podían soñar. Viajar a los desiertos helados de Mongolia, ubicados casi en las antípodas de su propio país, en compañía de un grupo de exploradores pertenecientes a un grupo informal cuyo aglutinante estaba constituido por el manejo de disciplinas distintas a las ciencias y técnicas comúnmente aceptadas, para reunirse con un chamán siberiano que los guiaría en la búsqueda de un tesoro de un aventurero legendario que en su momento se había apoderado de Mongolia en aras de un proyecto fallido de restauración monárquica en la mitad del continente eurasiano.

Martín no ignoraba que el proyecto estaba lleno de interrogantes y peligros, sobre todo porque las zonas por las que iban a viajar estaban pobladas por tribus de formas de vida y regidas por sistemas políticos muy distintos a lo que constituían su experiencia.

El ascensor finalmente llegó al piso indicado y el joven atravesó el corto pasillo y pulsó el timbre del apartamento. Su alma y su mente estaban llenas de júbilo y de ansiedad. Debbie abrió la puerta.

-¿Entonces estás de acuerdo en venir con nosotros?-Preguntó Dennis de un modo un tanto formal.

-Así es.

El hombre se acercó y le dio un abrazo que estrujó sus huesos. Más lo sorprendieron los besos que le dieron en la mejillas Debbie y Selma; le parecieron que su aceptación había gatillado una suerte de ceremonia iniciática a alguna clase de sociedad hermética, aunque al decir verdad no tenía mucha información al respecto. El contacto con la suave piel de las mujeres sin embargo le resultó placentero y le recordó ciertas experiencias que se habían tornado un tanto lejanas.

Dennis y su novia habían preparado en la *notebook* de la segunda un *check list* de temas que debían ser abordados antes de poder salir. Todos se sentaron en torno a la computadora e iban haciendo comentarios mientras Debbie leía los ítems.

- ...entonces, quien se va a hacer cargo de averiguar los requisitos para obtener las visas chinas.

Selma levantó una mano.

-Recuerda averiguar si esa visa permite desplazarse libremente por el interior del país, incluyendo la Mongolia Interior china y Tíbet.

-OK.

-¿Quién va a hacer lo mismo para la visa de la República de Mongolia?

-Bien. Yo lo haré.- Dijo Dennis.-Lo primero será saber si hay consulado mongol en Nueva York.

-Sí. Está en la calle 77.-Dijo Martín consultando su celular.

-Ahora que lo pienso.- Agregó Dennis dirigiéndose a su familiar.- ¿Tú has pedido permiso a tu familia en Buenos Aires para viajar a Extremo Oriente?

-No he pedido permiso sino que he informado a mis padres. Mientras no tengan que financiarme el viaje no podrán oponerse.

-¿Y qué hay con respecto a ti?- Reiteró el hombre refiriéndose a Selma.

-Mamá está bastante nerviosa, pero el hecho de que Debbie venga con nosotros la tranquilizará...eventualmente.

-Yo hablaré con mamá.- Dijo la hermana mayor.- De todas maneras ya eres mayor de edad, no puede oponerse.

-¿Qué hay con respecto al equipo, tiendas, bolsas de dormir, equipo para montaña?...-Prosiguió enumerando Debbie.

-¿No se podrá alquilar, sea aquí o en China?-Preguntó Selma.

-No. Debemos tener nuestros propios equipos.- Respondió Dennis.

-Yo ya he pedido que me envíen todo mi equipo de *trekking* patagónico desde Buenos Aires.- Añadió Martín.

-¿Tienen montañas en Argentina? Yo sólo sabía de las pampas.- Selma confesó su confusión geográfica.

-Las montañas más altas fuera del Himalaya están en los Andes, en particular en la frontera entre Argentina y Chile.

La tarde prosiguió con la distribución de tareas que parecía interminable; sin duda la semana siguiente sería extremadamente atareada.

Desierto de
Gobi

Capítulo 6

El viaje desde Nueva York a Ulan Bator, capital de la República de Mongolia había durado en total 18 horas, ligeramente más que el tiempo establecido, debido a una tormenta de nieve que les había demorado la salida en la escala de Moscú. Los dos tramos habían sido llevados a cabo en aviones de Aeroflot, la aerolínea rusa. El segundo tramo, en una aeronave más chica, había resultado cansador, de modo que al llegar al Aeropuerto Gengis Khan en Ulan Bator, estaban exhaustos. En el viaje en ómnibus hasta la ciudad y el hotel donde permanecerían dos días tanto Selma como Martín quedaron profundamente dormidos.

Cuando todos despertaron al mediodía de la jornada siguiente, el prolongado ayuno hizo que devoraran el desayuno y salieran a una posada vecina a comer de nuevo. En el hotel les ayudaron a obtener pasajes en el Ferrocarril Transmongoliano, que en realidad complementaba el recorrido del famoso Transiberiano en territorio mongol, en un recorrido total que se extiende desde Rusia a China. Dicha travesía en suelo mongol sigue la vieja Ruta del Té que se internaba en el Celeste Imperio.

EL VIAJE EN TREN SE prolonga hasta Pekín aunque Zamyn Uud es la última estación a la que llegan pasajeros en la frontera chino-mongola. El panorama resulta a la vez pintoresco y monótono por la aridez del paisaje mongol, donde el único elemento visual pintoresco estaba constituido por las *yurtas*, las tradicionales viviendas transportables de los mongoles y otros pueblos del Asia Central, constituidas por un entramado de maderas que eran dispuestos sobre una planta circular, formando un cilindro con una altura creciente hacia el centro. Esta estructura está luego recubierta de lonas y tejidos de lana, y a veces con paja, lo que le permiten agregar o quitar capas de acuerdo con la estación del año y así soportar los crudos inviernos mongoles. Este tipo de viviendas, de fácil desarmado y acarreo, constituye un elemento esencial al tipo de vida nómade de muchas de las tribus mongolas aún en día. Como queda dicho, los diseños geométricos y a menudo de colores vivos constituían el único factor de distracción del viaje.

La larga formación del tren discurría por la inmensa estepa con rapidez y una vez agotadas la atracción por el paisaje los cuatro viajeros fueron a almorzar al pintoresco vagón comedor del convoy, espacioso y cómodo, con recubrimientos de madera de diseños geométricos y con los asientos tapizados con motivos mongoles.

Al cabo de unas decenas de kilómetros el trayecto comenzó a ganar en altura con una pendiente significativa que duró un par de horas y una vez llegado al punto de máxima altitud comenzó un descenso en medio de un recorrido sinuoso que producía vértigo a los pasajeros sensibles a la vez que les ofrecía vistas panorámicas atractivas.

De allí en más el trayecto se internaba en el desierto de Gobi, uno de los más grandes y áridos del planeta. El mismo está rodeado por los Montes Altái y las estepas mongolas al norte, la meseta del Tíbet al suroeste y las llanuras chinas al sureste.

Finalmente el tren arribó a la estación llamada Chojr, una antigua base aérea durante el período soviético, situada en medio del Gobi. Allí descendieron los viajeros y se dirigieron al interior de la estación para escapar del intenso frío del ambiente exterior. En ese sitio debían esperar que los fueran a buscar los organizadores locales del viaje. Transcurrieron varias horas sin mayores eventos lo que comenzó a provocar un cierto hastío sobre toso en los miembros más jóvenes.

-¿Cómo sigue nuestro viaje desde aquí?- Preguntó Martín; en realidad el plan que estaban siguiendo era un misterio para los dos muchachos y no había sido explicitado hasta ese momento.

-Por razones de confidencialidad todo el proyecto está siendo manejado con una gran dosis de secreto.- Respondió Dennis.- Hasta donde yo sé en este sitio se nos unirá Jack Berglund, quien por su seguridad ha debido viajar en una forma que ignoro y que sin duda él nos explicará. Espero que Jack conozca más detalles de los pasos sucesivos. Es él quien está en contacto con los miembros de Bluthund que organizan y financian toda esta expedición.

Otro par de horas transcurrieron sin alternativas y esta vez también Dennis había quedado dormido junto con los jóvenes en los incómodos bancos de la estación. Todos fueron despertados por los gritos festivos de Deborah, quien se aproximaba a una puerta de vidrio de la estación y abrazaba a un recién llegado. Como estaba cubierto por un pesado abrigo ruso con pieles, apenas se podía ver el rostro de mismo, aunque por la altura y físico pronto descubrieron que se trataba de Berglund, de modo que todos salieron a saludarlo.

-Básicamente salí de territorio de Estados Unidos a través de la frontera canadiense, y una vez en Toronto también tomé un vuelo de Aeroflot a Moscú. Desde allí mi viaje fue similar al de ustedes.

-¿Sabes cómo sigue de aquí en más nuestro itinerario?

- Sólo parcialmente. Aquí debemos esperar en la estación a que se nos una el vidente siberiano de quien les hablé. Luego debemos ir a un hotel de esta ciudad donde ya tenemos reservaciones y mañana nos pasará a buscar quien sería nuestro guía, un mongol cuyo nombre no recuerdo pero tengo anotado.

La espera en la desolada estación de Chojr fue sin duda el tramo más tedioso del viaje hasta ese momento, debido sobre todo a la ausencia de actividades para llevar a cabo, de modo que los viajeros estuvieron dormitando la mayor parte del tiempo mientras intentaban protegerse del frío mediante las mantas que llevaban consigo. A aproximadamente las 23 horas Dennis, el único que estaba despierto sacudió a cada uno de sus compañeros logrando despertarlos.

-Ha llegado, está entrando en la estación.-Susurró en el oído de Debbie.

-¿Quien? ¿El ruso?

-Sí, Bodniev.

El personaje que efectivamente había hecho su ingreso en el dilatado espacio de la estación era imponente. Aunque un poco más bajo que Jack Berglund, su físico era sin embargo más macizo, lo que estaba realzado por el grueso abrigo ruso de lana con cuello de pieles y un clásico gorro cónico, también de pieles. Sus facciones eran claramente orientales mostrando un influjo de las diversas etnias de Siberia Oriental; su barba era tupida, larga y canosa. A pesar de su volumen se movía con agilidad y se dirigió sin dudar hacia el grupo de cinco viajeros, el realidad los únicos ocupantes de la estación a esa hora.

-¿Jack Berglund?- Preguntó.

-Sí, soy yo.- Contestó el aludido poniéndose de pie.

-Habla inglés.- Dijo Selma en voz baja que mostraba alivio.

-Sí.-Contestó su hermana.-No te dejes guiar por las apariencias. En otra vida, décadas atrás, fue profesor de física en la Universidad Estatal de Irkutsk. Desde esa época está conectado con Bluthund.

Jack y el recién llegado se aproximaron a los restantes miembros del grupo quienes se pusieron de pie. El primero hizo las presentaciones.

-Bienvenido al grupo.- Contestó Debbie.- ¿Como debemos llamarlo?

-Mi nombre de pila es Aman. Pueden llamarme así.-Contestó con un pesado acento ruso.

Dejó una especie de bolsa hecha también con pieles que usaba como mochila y se sentó en uno de los bancos.

-He caminado toda la tarde.- Se excusó.

Su presencia imponía respeto y los demás no se atrevieron a preguntarle desde donde o cómo había viajado. Sin embargo la charla se fue desenvolviendo progresivamente y Jack busco hábilmente encausarla hacia las actividades a desarrollar. En un momento dijo.

-Tenemos reservaciones hechas para todos en un hotel del pueblo. Allí podemos dejar nuestras pertenencias y cenar. Luego pasaremos la noche en el lugar. Charlaremos en la cena.

RECIÉN AL SALIR DE la estación se percataron como había oscurecido, y lo que significaba la noche en el Desierto de Gobi; el frío era intenso, un viento soplaba arrastrando partículas de arena y los obligaba a caminar inclinados y tapándose el rostro; todos miraron a Aman para ver como se comportaba ante la naturaleza hostil, en la inteligencia que era a quien había que imitar.

Selma levantó sus ojos al cielo oscuro de luna nueva. Al ver la enorme cantidad de estrellas que lo tachonaban no pudo evitar proferir un gemido e instintivamente tocó el brazo de Martín con el objeto de compartir el espectáculo con él. El muchacho sonrió, complacido con el gesto y Selma se colgó de su brazo para vencer la resistencia del viento.

Capítulo 7

Sentados en un pequeño salón en la planta baja del hotel, donde había un samovar humeante que constituía la única fuente de calefacción en el recinto, la conversación se dirigió hacia las experiencias del siberiano relacionadas con el propósito de la expedición. Con su habitual candidez Jack preguntó directamente.

-Aman, ¿Qué es lo que debemos buscar? ¿Dónde podremos hallarlo? ¿Cómo sabremos que lo hemos hallado una vez que lo hagamos?

Bodniev se revolvió inquieto en la silla en que se había sentado, que por lo demás era demasiado pequeña para su cuerpo. Miró a sus acompañantes entrecerrando aún más sus ojos rasgados que se constituyeron en dos líneas, emitió un resoplido y comenzó a hablar con voz pausada. Su inglés era pesado pero claro y el discurso coherente demostraba una reflexión tras él.

-Me temo que no podré contestar a satisfacción de ustedes todas sus preguntas, no debido a mi deseo de ocultarles hacia donde nos dirigimos, ya que reconozco la inquietud que tienen sobre su destino inmediato y los interrogantes sobre los peligros que podemos enfrentar en nuestra búsqueda. La verdad es que ignoro la mayor parte de las respuestas y que la fuente de mis visiones no sigue un recorrido racional. No son pensamientos formales hilados como cuentas en un collar, ni deducciones lógicas a partir de premisas claras, sino más bien destellos, parpadeos que se refieren a temas que a veces puedo asociar con hechos de la realidad y otras veces no.

-¿Y en este caso?- Preguntó con una cierta urgencia Debbie. Un poco arrepentida de su impulso miró a su novio quien disimuladamente le hizo un gesto que ella interpretó como de no perder la paciencia. El ruso prosiguió con su voz inconmovible.

-El tema del "Barón Sangriento" -como se lo conoce a Ungern von Sternberg en estos sitios por la sangre que derramó- y del tesoro de los mongoles que mandó a resguardar y del que se perdió el rastro, es un asunto que en forma recurrente viene a mi mente, de modo que sé perfectamente cuando uno de esos flashes que se presenta en mi mente se refiere a él. Así ocurrió antes de mi toma de contacto con Bluthund, de modo que sé bien que mis visiones se refieren a Ungern y su tesoro.

Con movimientos lentos Bodniev extrajo un papel de su alforja y comenzó a desdoblarlo cuidadosamente, dejando a la vista de todos un amplio mapa con anotaciones escritas en alfabeto cirílico. Luego se dirigió hacia una mesa cercana y colocó sobre ella el mapa, que la ocupaba casi totalmente. Luego extrajo del mismo bolso un extraño artefacto, consistente en un huso metálico con una punta afilada y un cordel en el extremo opuesto.

-Es un péndulo de radiestesia, como los que usan los zahoríes, para ubicar manantiales de agua, venas metalíferas...y según dicen, tesoros.- Aclaró Dennis en voz baja a una desconfiada Deborah.

El ruso se dio vuelta enfrentando a sus compañeros y los escrutó pacientemente, luego dijo en voz suave dirigiéndose a Selma.

-Tú, niña, ¿Quieres acercarte por favor?

La muchacha miró un tanto temerosa a su hermana y luego a Dennis, quien le hizo una casi imperceptible señal afirmativa con la cabeza. Dio varios pasos hasta llegar a la mesa y contempló el mapa inescrutable, mientras los demás se acercaban a ella en lo que representaba un apoyo moral. Bodniev le ofreció el péndulo y una vez más la muchacha vaciló.

-Tómalo, no te va a morder.- Dijo Jack, quien había permanecido en silencio hasta ahora. Selma tomó el instrumento por el extremo opuesto del huso desplegando el cordel de unos cincuenta centímetros de longitud.

-AHORA PÁSALO LENTAMENTE por encima de mapa, haciendo barridos de izquierda a derecha y viceversa.- Indicó el siberiano.

La muchacha comenzó a realizar la tarea que se le había encomendado comenzando a su arbitrio del extremo superior izquierdo hacia la derecha y volviendo en sentido inverso al llegar al otro extremo del plano.

-Muy bien, hazlo muy lentamente.- Dijo el ruso en voz profunda.

Una vez que hubo ganado confianza Selma recorrió prolijamente el plano con movimientos suaves. Debbie susurró al oído de su novio.

-Todo esto es ridículo; no sé que esperan. Estamos perdiendo nuestro tiempo.

-Shhh.- Fue la única respuesta.

Selma ya había pasado el péndulo por más de la mitad de mapa y sentía que su brazo se cansaba.

-Puedes cambiar de brazo si quieres, a partir del mismo punto.- Dijo Bodniev.

La joven lo hizo así y prosiguió su escaneado lento con la mano izquierda; una sonrisa apareció en sus labios y repentinamente el péndulo produjo una fuerte e inesperada oscilación sorprendiendo a todos, empezando por Selma. A partir de allí prosiguió con un balanceo suave mientras el siberiano dijo en voz firme.

-Detente allí.- Luego se dio vuelta y miró a todos los presentes.

-La niña ha detectado el mismo sitio en el mapa que yo encontré en mis reiterados ensayos.

-¿Puedo marcar el sitio en el mapa?- Preguntó Martín a Bodniev.

-Hazlo.

El joven extrajo un lápiz fino de una especie de cartuchera de útiles que portaba y se aproximó. Luego pidió a Selma.

-Baja la punta un poco más, hasta que casi esté en contacto con el papel, de modo de no cometer errores de paralaje.

La joven así lo hizo y Martín hizo una X en el papel

-¿A qué distancia se encuentra ese punto de nuestra ubicación actual?- Preguntó Dennis al ruso.

-A 755 kilómetros en dirección sur-suroeste.

-¿Puedo hacer algunos controles?- Volvió a preguntar Martín.

-Por supuesto.

Acto seguido el muchacho sacó de la cartuchera de las sorpresas una regla corta de plástico provista de un transportador.

-PRIMERO VOY A ORIENTAR el mapa.- Dijo mientras activaba en su teléfono celular la aplicación de una brújula de precisión. Giró el mapa sobre la mesa hasta que estuvo orientado de acuerdo a la rosa de los vientos de la brújula, dividida en 32 direcciones. Luego preguntó al ruso, indicando un segmento en la parte inferior del mapa, escrito en ruso.

-¿Esta es la escala?

-Sí.

-¿Y cuál es la estación en que nos hallamos ahora?

Bodniev marcó un punto escrito en ruso.

-Veamos que dice el ingeniero.-Dijo Dennis en el oído de Debbie.

Martín midió la distancia en centímetros entre ambos puntos. Luego marcó el ícono de la calculadora en el celular e ingresó unos valores.

-La distancia es de aproximadamente 750 kilómetros.- Dijo.-Y la dirección es, también muy aproximadamente, sur-suroeste.

-¿Es ésta la dirección en que según los datos existentes se debería hallar el tesoro?-Preguntó Jack.

-Decididamente no.- Respondió el ruso.- Todos lo han buscado a unos 70 kilómetros más al oeste.

-¿Y tienes alguna idea de que puede originar esta discrepancia?- Preguntó Dennis.

Bodniev se dio vuelta y lo miró con aire meditativo.

-En uno de mis visiones, de esos flashes de que les hablaba, los hombres del Barón Ungern sufrieron el embate de uno de los tremendos vientos que soplan en el Desierto de Gobi, con velocidades de hasta 140 kilómetros por hora, los que producen la voladura de suelos, hecho que impide que haya agricultura en toda su extensión. Los viajeros se hallan bombardeados por arena y partículas de todo tamaño. En mi visión los rusos y mongoles estaban completamente desorientados así que no me extraña que hayan dado ubicaciones erróneas del sitio en que depositaron el tesoro.

Jack había quedado intrigado por todo el episodio reciente de modo que se acercó al siberiano y le preguntó en voz baja.

-¿Elegiste a Selma al azar, o tuviste alguna razón para seleccionarla a ella?

Bodniev asintió con la cabeza y respondió enigmáticamente.

-La muchacha tiene poderes de los que no es consciente, lo puedo presentir con facilidad. Es un tesoro que debe reconocer y desarrollar.

-¿Qué hubiera ocurrido si cualquiera de los otros hubiéramos usado en péndulo?

-No se hubiera movido al pasar por ese punto.

-¿Cómo explicas eso?

-La sensibilidad no está en el instrumento sino en quien lo usa. El verdadero sensor es el radiestesista, no el aparato

-¿Eso quiere decir que Selma es...una vidente?

-Quiere decir que está dotada para serlo. Para llegar a serlo debe hacer un esfuerzo, bajo la guía adecuada.

El americano se apartó en silencio pensando en la inesperada confesión del chamán y meditando como podía transmitirla a sus amigos.

Se habían reunido en una mesa con unos platos de carne adquiridos en el hotel. Ante una oferta de Jack el ruso contestó.

-No, gracias, hace décadas que no pruebo el vodka.

-Bien, nos conformaremos con té frío.

La colación transcurrió en silencio ya que todos tenían apetito atrasado; al cabo de un rato, y como dando fe de que ese hambre había sido saciada Dennis preguntó.

-Y bien ¿Qué ocurre ahora?

-¿Los miembros de Bluthund no les han dado indicaciones?- Bodniev contestó con otra pregunta.

- Yo he indagado antes de partir hacia aquí.- Terció Jack.- Pero en definitiva lo que contestaron es que usted nos daría más precisiones.

-Bien, durante el curso de esta mañana nos vendrán a buscar unos mongoles en tres vehículos todo- terreno, aptos para el desierto que debemos atravesar. No sé cuantas personas vendrán.

-¿Cuál será la función de esas personas?- Debbie intervino en la conversación.

-Variadas. Nos servirán de garantes ante las autoridades mongolas o chinas con que nos encontremos, serán intérpretes, guías en el desierto y... escoltas.

-¿Escoltas?- Preguntó Selma con el ceño fruncido.- ¿Cómo guardianes?

-Así es. Además nos ayudarán con las excavaciones que debamos hacer.

- ¿Estarán armados?- Inquirió Martín.

-Por supuesto.

-¿Es que necesitamos guardias armados?- Insistió Selma.

-Los territorios que vamos a recorrer están alejados de todo poblado, fuerzas de seguridad o fuente de autoridad formal. A menudo hay ataques y saqueos de las caravanas o viajeros aislados que atraviesan estas soledades, y muchos desaparecen sin dejar rastros. Si te quitan el medio de transporte en el desierto es muy improbable que puedas sobrevivir al hambre, la sed y los fríos nocturnos.

-Decididamente prefiero estar protegido por guardia armados...mientras sean de fiar.- Argumentó sensatamente Martín.

-No los conozco personalmente.- Dijo finalmente Bodniev.- Pero me fío de las personas que me los recomendaron.

Un silencio se extendió entre los miembros del grupo, que sin duda estaban internalizando por primera vez la realidad de los peligros que les aguardaban.

Nada ocurrió durante esa tarde y recién a media mañana del día siguiente aparecieron en la esquina del hotel tres vehículos de aspecto poco fiable. Uno de ellos era un camión ruso destartalado en el que cargarían los equipos necesarios para establecer campamentos, los implementos para efectuar excavaciones, las provisiones y en fin todo tipo de carga que pudieran obtener en sus búsquedas; el mismo estaba tripulado por dos conductores mongoles y cargaba en la caja a otros cuatro hombres de aspecto fiero, indudablemente los encargados de dar seguridad a la expedición. Los otros dos vehículos eran utilitarios chinos aptos para transporte de pasajeros con tracción en las cuatro ruedas, que lucían igualmente baqueteados, con un chofer cada uno. Uno de ellos estaba conducido por un mongol llamado Batbayar que oficiaría de guía del contingente por el Desierto de Gobi; este hombre hablaba ruso de modo que podía comunicarse con Aman Bodniev, y adicionalmente hablaba un poco de inglés, quien sabe por qué razón. Su trato era jovial, no muy frecuente en Mongolia, lo que contrastaba con su aspecto fiero. Como ese vehículo encabezaría la caravana en el viajarían el mismo Bodniev, Jack Berglund y Dennis, de modo que constituía algo así como la nave insignia del convoy, y en él se tomarían las decisiones respecto a los rumbos a tomar.

El otro todoterreno estaba guiado por un conductor de aspecto juvenil y físico pequeño, cuyo rostro lampiño apenas se podía ver bajo el gorro mongol. Debbie, Selma y Martín subieron al auto y se ubicaron sentándose la primera en el asiento del acompañante y los dos jóvenes en el asiento trasero. Por la tensión del momento todos permanecieron en silencio.

Una vez que se hubieron asegurado que todos integrantes se hallaban a bordo de alguno de los tres vehículos y que todos los elementos habían sido guardados en ellos el guía Batbayar, cuya ventanilla se encontraba abierta, sacó su brazo por ella y con el puño golpeó la puerta dando la señal de partir; la señal fue respondida por los choferes de los otros dos vehículos confirmando la recepción de la orden.

Y de esa manera comenzó el viaje por el Desierto de Gobi y con él la parte activa de la expedición, liberando grandes dosis de adrenalina en los integrantes, cada uno de los cuales expresó en voz baja alguna plegaria de diversas religiones y expresada en distintos idiomas

Capítulo 8

Habían ya transcurrido un par de horas de viaje por el monótono paisaje del desierto que se iba tornando cada vez más agreste. Selma y Martín se habían dormido arrullados por el traqueteo parejo del auto, apenas sacudido por alguna piedra en el camino. Una vez agotadas las novedades que el panorama tenía para ofrecer Deborah jugueteó con su teléfono celular explorando ciertas funciones que hasta el momento no había utilizado hasta que también se aburrió y entonces miró al conductor tratando sin éxito de ver sus rasgos juveniles por debajo de las pesadas ropas mongolas. No siquiera sabía que idioma hablan los habitantes de Mongolia de modo que mal podía esperar comunicarse con él. Deseosa de oír al menos su propia voz y mirando a su compañero de asiento expresó sus deseos en voz alta.

-¡Cómo me gustaría hacerte alguna preguntas sobre todo esto!

Acto seguido, y convencida de la inutilidad de su intento de comunicación se hundió en su asiento en un intento de dormirse para acortar los plazos del viaje por el árido territorio, cerró sus ojos e intentó desconectarse de la realidad; por eso sufrió un sobresalto cuando sus oídos le llevaron la inesperada respuesta.

-¿Y qué es lo que quisieras preguntarme?

Debbie pegó un brinco en su asiento preguntándose si lo que creía haber oído era solamente un fruto de su imaginación; soltó el cinturón de seguridad que había abrochado con el objeto de poder moverse con más libertad de movimientos en el asiento y se inclinó para poder observar al conductor de frente y poder verificar un dato que los oídos habían transmitido a su cerebro pero al que no daba mucho crédito.

-¿Hablas inglés?- Preguntó aún incrédula.

La persona que se hallaba a su lado se volteó hacia ella y la miró con sus ojos rasgados.

-Así es. ¿Qué es lo que querías preguntarme?

Al oír la conversación Selma y Martín despertaron; la primera preguntó a su hermana.

-¿A quién hablabas? ¿Al conductor?

- Sí, a la conductora.- Ante la mirada interrogativa de Selma agregó.- Habla inglés... y es una mujer joven.

Luego se dirigió a la conductora con el objeto de responder que ella le había formulado.

-Bien...en primer lugar quisiera saber tu nombre.

-Tsegseg. Me llamo Tsegseg.

Selma decidió participar en la conversación.

-Tsegseg. ¿Tiene algún significado?

-Significa flor.

-Un nombre por demás romántico y aromático.- Dijo Debbie.- Y muy apropiado para una muchacha hermosa.

No hubo respuesta pero la mujer llegó a percibir el rubor en las mejillas de la muchacha.

-¿Una mujer joven?- Repitió Martín con un interés un tanto vehemente, lo que le valió un pellizco de Selma.- ¿Quiero decir, que hace en este desierto?- La aclaración no resultó demasiado convincente.

Al oír el comentario la conductora del vehículo giró su cabeza mirando a quien se había interesado por ella y por un instante sus ojos se cruzaron, luego volvió su mirada la camino.

Debbie, que venía siguiendo todo el episodio por el espejo retrovisor, sonrió al ver confirmadas sus sospechas sobre los sentimientos de su hermana. Aunque Selma era ya adulta, el sentimiento protector y a la vez competitivo de hermana mayor que Debbie siempre había tenido hacia ella salía a la superficie a cada paso.

Las horas sucedieron a las horas y los kilómetros recorridos se acumularon; la vastedad y monotonía del desierto hipnotizaban a los viajeros sumergiéndolos en un estado casi permanente de duermevela, con ojos que más que mirar resbalaban sobre el desolado panorama.

-Miren, allá, a nuestra derecha.- La voz de Martín sobresaltó a Debbie y Selma que estaban dormitando. Al seguir con la vista la dirección que señalaba el joven vieron una escena que parecía arrancada de una novela de aventuras en el desierto da Sahara a fines del siglo XIX. Sobre una loma más elevada que destacaba en el horizonte se recortaban las figuras de una larga fila de lo que sin dudas eran camellos y algunas otras más bajas, de hombres a caballo; un suave viento vespertino levantaba arena que provocaba que la visión no fuera totalmente nítida.

-¡Una caravana de camellos! Creía que era una reliquia del pasado.- La frase de Selma tuvo el efecto de provocar la respuesta de la conductora llamada Tsegseg, que hasta ese momento había permanecido en silencio.

-Es una realidad de todos los tiempos, ya que es la forma tradicional de vida y de trabajo de muchos de los habitantes del Desierto de Gobi.

-¿Hay personas que habitan estos parajes desolados?- Preguntó Selma, a quien el panorama le producía una cierta angustia.

-Sí. Viven en torno a los oasis que se hallan sobre las pocos manantiales de agua. Algunos son sedentarios y habitan en conjuntos de chozas o *yurtas*. Otros arman sus carpas un poco más alejados del oasis pero aún se surten a agua en él.

-¡Oasis!- Exclamó Selma.- Suena romántico.

-Vamos a pasar por uno de ellos.- Informó Tsegseg.- El plan es reabastecernos de agua en ellos. Supongo que los organizadores de la expedición habrán previsto también reaprovisionarnos de combustible en ese sitio.

-¿Los organizadores?- Preguntó Martín.- ¿Sabes quiénes son?

-Yo no los conozco. Supuse que lo sabrían ustedes.- Fue la simple respuesta de la joven mongola.

La fila de camellos fue quedando atrás, e inesperadamente la conductora agregó enigmáticamente.

-El problema de las caravanas de mercaderes es lo que atraen.

-¿A qué te refieres?

- A los bandidos del Gobi.- Hizo una pausa y prosiguió.- Asaltantes de caravanas.

A falta de nuevos estímulos la conversación se extinguió nuevamente y los pasajeros volvieron a su estado de estupefacción anterior. Martín notó que Tsegseg se frotaba los brazos con frecuencia y finalmente le preguntó.

-¿Estás cansada del manejo?

-Se me duermen los brazos, es debido a la posición constante.

-Permíteme que te reemplace por un trecho.

-En realidad, mis instrucciones...

-Al demonio con tus instrucciones. Mi familia tiene una vieja camioneta Land Rover con la que vamos a todos lados, y estoy habituado a manejarla.

Por fin la joven accedió y luego de hacer unas señales con los faros a los otros dos vehículos detuvo su andar. Los otros conductores también frenaron y esperaron que se realizara el cambio al volante. Martín se sentó en el puesto del conductor mientras Tsegseg ocupaba el asiento trasero al lado de Selma, quien echaba chispas por los ojos por la gentileza que el joven había tenido con la otra; Debbie volvió a seguir toda la dinámica con expresión divertida.

Mientras el Sol se ocultaba tras el horizonte occidental las primeras sombras comenzaban a caer sobre las arenas y piedras; Martín guiaba la camioneta concentrado en los vehículos que iban adelante; Selma había quedado dormida nuevamente con la cabeza apoyada sobre el hombro de su rival y Deborah se aprestaba a gozar de su primer anochecer en el seno del Desierto de Gobi. A lo lejos apareció una sombra en el rumbo que seguía la expedición.

-¿Qué será aquello al frente?- Preguntó el conductor.-Parece que nos encaminamos hacia allí.

-¿Recuerdas que hablé de las detenciones en varios oasis? Este es el primero que encontraremos.

-Bien. ¿Tiene algún nombre? ¿Lo encontraremos en el mapa?- Preguntó Debbie mientras su hermana se despabilaba.

-Si tiene un nombre no lo conozco. Y no creo que esté en ningún mapa, al menos en mapas civiles.

Debbie había visto con anterioridad folletos publicitarios de oasis en el Desierto de Gobi y otros sitios de Mongolia, como el de Lago Crescent, con sus pagodas elevándose sobre las arenas, sus pequeños lagos de orillas bien recortadas de las arenas, sus yurtas cuidadosamente dispuestas en torno al espejo de agua, sus bosquecillos bien cuidados y sus facilidades para turistas pero siempre había puesto en duda la representatividad de esos parajes idílicos como postales del desierto. El que se abrió ante ella y sus compañeros en cambio estaba de acuerdo con el preconcepto que la mujer tenía de un verdadero oasis en las arenas.

Ubicado entre dos dunas de gran elevación, que quizás lo protegían de los fuertes vientos de la zona, el oasis innominado al que se acercaban consistía de un parche de vegetación un tanto mustia en torno a un charco de agua parda de pureza dudosa y de contornos que se perdían entre las arenas. La vegetación era variada e incluía especies de bastante altura que esparcían una sombra reparadora frente a los ardores del mediodía del desierto. Varias chozas de aspecto miserable se desperdigaban entre los árboles, correspondientes a la población sedentaria estable del lugar, y un conjunto de tiendas de viajeros que arribaban y permanecían en el sitio durante varios días para restaurar fuerzas, ubicadas en las arenas circundantes. Un sonido de fondo era perceptible en el lugar y llamó la atención de los recién llegados. A una pregunta de Selma al respecto, Tsegseg apuntó con su dedo a las alturas de las dunas vecinas, donde los vientos constantes mantenían a las arenas circulando y tornando borrosas la imágenes de las cimas.

- Las arenas cantantes.- Dijo la joven mongola por toda explicación.

-Arenas cantantes.- Repitió Deborah.- Vaya un nombre poético.

Jack se aproximó desde la camioneta en que había bajado, estacionada a unos quince metros; Dennis lo seguía cargado con algunos bártulos, que dejó en el suelo para correr a abrazar a su novia, luego del viaje de siete horas sin verse ni conversar. La mujer respondió sorprendida y encantada desplegando sus brazos en torno al torso de él y ambos se unieron en un prolongado beso.

-Bien, parece que el aire del desierto está impregnado de romanticismo.- Dijo irónicamente Jack.

-Envidioso.-Respondió Dennis, una vez terminados su demostración de cariño.

Llevada por el influjo romántico de la escena Selma miró de reojo a Martín y constató con indignación que el joven hacía lo propio con la muchacha mongola.

El guía de la expedición Batbayar, que había estado hablando con varios habitantes del oasis se acercó finalmente y dijo.

-He conseguido permiso para ubicar nuestro campamento en aquel bosquecillo, a condición de que nos vayamos mañana temprano, pues esperan a unan caravana importante.

-¿Has tenido que pagar por ese permiso?-Pregunto Jack.

-Por supuesto. En el desierto nada es gratis.

Las sombras habían caído en el desierto, y la actividad febril diurna del oasis había desaparecido, siendo reemplazada por grupos de personas aislados, situados en torno a numerosas fogatas donde se preparaban las cenas de los diversos grupos de residentes y visitantes.

Mientras un par de los mongoles preparaban la comida, Batbayar había desplegado un amplio mapa del Gobi en las arenas previamente aplanadas.

-Estamos en este sitio.- Dijo apuntando con el dedo a un punto indistinguible del mapa.- Y nuestro primer destino es éste. -El dedo señalaba un sitio bastante más al sur.- Son aproximadamente trescientos kilómetros.-Completó.

- A este ritmo llegaríamos mañana a media tarde.-
Estimo Jack.

-Así es. Siempre que madruguemos mañana.

-¿Como es el camino?

-Hay zonas de arenas flojas, donde el avance será más lento.- El guía lucía un poco preocupado.

-¿Ocurre algo, Batbayar?- El gesto no había pasado inadvertido para Jack.

-En esta zona son frecuentes las tormentas de viento muy fuertes. El norte de China es un vasto mar de arenas que se desplazan con facilidad. Muchas caravanas han sido literalmente tapadas por las arenas y el polvo y no se les ha visto más.

-¿No hay una temporada para esas tormentas?

-Normalmente son más frecuentes en marzo y abril, en primavera, pero yo he estado en tormentas muy fuertes en pleno noviembre.

-Siento bastante frío.- Dijo Deborah, cambiando abruptamente de tema.- ¿Esto también es común?

-El Gobi tiene variaciones de temperatura muy extremas, de 45° Centígrados en el verano hasta 45° C bajo cero en invierno, y aún dentro de un mismo día suele haber amplitudes térmicas muy marcadas.

Luego de la cena la charla se fue extinguiendo gradualmente y por fin Jack dijo.

-Los hombres ya han preparado las tiendas y como dijo Batbayar mañana tenemos que madrugar. Vayamos a dormir. Hay una tienda para cada tres personas, aunque Debbie y Selma tienen una para ellas solas.

Las mujeres se retiraron y Deborah Liberman se aprestó a pasar su primera noche en el desierto, arrullada por las arenas cantantes.

Capítulo 9

El paisaje se tornaba cada vez más monótono, el desierto de piedras y arena dejaba lugar a un paisaje cubierto por finas partículas de sílice, que los vehículos levantaban en su andar; los pasajeros debieron cerrar herméticamente las ventanas para restringir el ingreso del molesto polvo a las cabinas, pero sin poder impedir completamente que entrara. El interior de las camionetas se fue tornando gradualmente irrespirable, obligando a los viajeros a cubrirse las narices y bocas con bufandas y pañuelos, y los ojos con antiparras para evitar la irritación ocular. Ya habían recorrido tres horas a reducida velocidad para evitar incrementar el problema pero se hacía evidente que a medida que se aproximaban a la frontera china se estaban internando cada vez más en un océano de arena.

En el vehículo que estaba al frente Jack, que iba sentado en el asiento del acompañante en la fila delantera se percató que el habitualmente locuaz guía se hallaba enmudecido y aferraba el volante del vehículo con total concentración, por lo que decidió no interferir con el manejo con preguntas.

Los autos habían roto la formación de fila india que habían llevado hasta ese momento y avanzaban a la par formando un frente para evitar quedar envueltos en la cortina de arena que cada uno levantaba en su andar.

En un momento determinado Batbayar, aun sin romper su mutismo, señaló con su dedo índice un delgado segmento oscuro que se veía en el horizonte sur. El cielo por encima de ese trazo se había tornado oscuro y el conjunto de cielo y tierra iba tomando un aspecto siniestro a medida que iban pasando los segundos.

Finalmente Dennis, que iba sentado en la fila de atrás decidió romper el silencio y dirigiéndose al guía preguntó.

-Batbayar. ¿Qué es lo que ocurre? ¿Qué es aquello a lo que nos estamos dirigiendo?

El guía respondió nerviosamente.

-No nos estamos dirigiendo hacia él sino que viene hacia nosotros.

-¿De qué se trata?- Demandó intranquilo Jack.

-Es...una tormenta de polvo.

El americano ya había oído hablar de las terribles tormentas de arena fina que se levantan en el Desierto de Gobi y se dirigen hacia territorio chino pero también hacia el norte, cubriendo no solo caravanas y viajeros sino pueblos, ciudades y cultivos, arruinando la salud respiratoria de la población, estropeando sus cosechas, matando el ganado y sepultando a innumerables viajeros que se hallan en su camino.

-¿No podemos cambiar de rumbo?-Insistió alarmado Dennis.

-NO HAY FORMA DE ESCAPAR, la tormenta se nos viene encima.-Contestó Batbayar.- Sólo podemos mantener el rumbo y tratar de atravesarla.

-Y rezar.- Añadió Jack.

En efecto, lo que antes había sido un simple trazo en el horizonte ya adquiría relieve y espesor y se distinguía claramente como una nube de color pardo claro con vetas más oscuras. Las primeras partículas de arena, adelantadas del temporal, comenzaron a azotar los parabrisas de los vehículos y la atmósfera delante de ellos fue tornándose menos diáfana. Los viajeros tenían sus ojos clavados en la ominosa mancha que crecía a pasos agigantados. En el vehículo que los transportaba Selma, presa del pánico, se aferró a los brazos de Martín que intentó cobijarla y cubrir su cabeza para evitarle el espectáculo amenazador. Debbie, en el asiento del acompañante miró de frente la nube observando cómo ganaba altura a medida que se acercaba tapando el oscuro cielo. En un par de minutos la gigantesca nube marrón estuvo sobre ellos y engulló a los vehículos que dejaron de verse entre sí. Los pasajeros perdieron de vista el trecho de desierto que se extendía frente a ellos y en cuestión de segundos tampoco vieron la cubierta del motor del auto en que viajaban; la visibilidad se redujo a cero mientras lo que había sido un fuerte silbido del viento se transformaba en un rugido ensordecedor. Sacudidos por la ventisca los vehículos se sacudían hacia ambos lados amenazando con volcar.

Finalmente la monstruosa nube tapó cubrió completamente todo el paisaje, los motores dejaron de funcionar por la contaminación que tapaba los carburadores y bombas de inyección. Una ráfaga de viento tomó a la camioneta de costado, la hizo derrapar, la levantó en su siniestro seno y la hizo girar sobre sí misma. La naturaleza piadosamente desconectó los cerebros de los tripulantes de los vehículos mientras afuera de los mismos los elementos se desencadenaban furiosamente en medio del tétrico rugir del viento.

DEBORAH SINTIÓ QUE alguien agitaba vigorosamente su brazo derecho; entreabrió los ojos, que afortunadamente habían sido protegidos del polvo por las antiparras, pero al intentar respirar sus vías aéreas se taparon y tosió involuntariamente para despejarlas. También su boca estaba llena de arena y escupió para poder hablar. Recién entonces se percató que la conductora Tsegseg era quien la había despertado de su desvanecimiento. Debbie le sonrió débilmente; ya se había percatado de la entereza y coraje de la mongola cuando la observaba manejar en medio de la barahúnda de la tormenta, antes de que ambas perdieran el conocimiento; un sentimiento de admiración por la muchacha había crecido en su interior.

-Ven, ayúdame con los otros dos.- Dijo la joven.

En ese momento Deborah se hizo cargo de la situación a su alrededor. La camioneta en que viajaban, luego de dar varias vueltas sobre sí misma empujada por el viento, había quedado sobre sus cuatro ruedas aunque el interior era un caos de paquetes y enseres. Miró hacia afuera con temor debido al recuerdo reciente y se sorprendió de ver un cielo diáfano luego de la tempestad. Al observar los alrededores, vio que Jack, Dennis y Batbayar estaba empujando su vehículo para darlo vuelta ya que se hallaba volcado. Del otro camión no tenía noticias.

Se soltó el cinturón de seguridad y abriendo con dificultad la puerta de su lado debido a la arena acumulada frente a ella entró en la parte trasera de la camioneta y ayudó a Tsegseg a socorrer a Selma y Martín; la mujer suspiró con alivio cuando constató que ambos respiraban y se movían, aunque Martín manaba sangre por la frente por un golpe seguramente producido por algún objeto en el vuelco.

-Espera que encuentre el botiquín en todo este marasmo.- Le dijo Debbie,- Por suerte no necesitas puntos de sutura.

En ese momento se acercó Dennis e inmediatamente abrazó a su novia; luego extendió la mano a su pariente diciéndole.

-¿Querías venir a Oriente por aventuras? Bien, no te puedes quejar.

Martín iba a responderle pero solo pudo emitir un grito de dolor al sentir el desinfectante en la herida sangrante que le estaba colocando Debbie. Tsegseg se encontraba reanimando a Selma, comprobando que lo único que tenía era un ataque de pánico pero no heridas exteriores.

También Jack se acercó a comprobar el estado de sus acompañantes.

-Estos dos vehículos y los que viajábamos en ellos están relativamente bien. Habrá que hacer algunas tareas para poner nuevamente en marcha los motores. Pero no conseguimos encontrar el camión con los cuatro custodios. No está a la vista, simplemente desapareció del paisaje.

Poco a poco fueron restableciendo el orden en ambos vehículos. Jack y Batbayar se concentraron en intentar limpiar los circuitos de carburación y encendido de las camionetas mientras la mongola,

Debbie, Dennis y Martín comenzaron a recorrer los alrededores en busca de algún montículo de arena que pudiera estar cubriendo al camión faltante. Selma quedó presa del terror en el interior de su vehículo, resistiéndose a salir del mismo.

Ya se habían alejado en todas direcciones en su búsqueda cuando por fin oyeron la voz de Tsegseg, procedente de una ubicación distante más de ciento cincuenta metros.

-¡Aquí! Aquí están.-Gritaba señalando una duna de más de veinte metros de altura, en la cual había estado excavando con sus manos hasta dejar a la vista una ventanilla.

Todos corrieron a unirse a ella, conscientes de que era imperioso descubrir el vehículo quitando la cobertura de arena para permitir que el aire llegara al interior del mismo.

Finalmente pudieron liberar una de las puertas y permitir que dos de los ocupantes pudieran salir tambaleantes al exterior, sentándose en el suelo e intentando recuperar el aliento. Al proseguir con la excavación quitaron los otros cuerpos del interior, comprobando que lamentablemente uno de ellos se hallaba sin vida, evidentemente asfixiado por la arena que lo cubría.

En ese momento oyeron un par de explosiones que les indicaron que Batbayar había conseguido poner en marcha su camioneta. Dennis le hizo un gesto con el brazo que fue respondido por el mongol que se encaminaba a la otra camioneta para repetir el procedimiento.

Al caer la noche ya habían conseguido recuperar a los tres vehículos, la mayor parte de la carga incluyendo felizmente al agua y el combustible. Llegó el momento de encargarse del custodio muerto, para quien excavaron una tumba en la arena para evitar que las alimañas devoraran su cuerpo. Los mongoles encendieron una fogata y se sentaron en círculo en torno al sitio donde descansaba su compañero. Unos de los hombres extrajo un curioso instrumento de cuerdas con el cual comenzó a ejecutar una monótona y plañidera melodía mientras sus compañeros acompañaban con un extraño canto consistente en unos sonidos guturales que repetían lo que parecía ser un mantra.

Mientras esto ocurría los demás formaban una silenciosa rueda guardando un respetuoso silencio por el camarada que quedaría en esas desoladas extensiones del Desierto de Gobi.

Capítulo 10

La partida del sitio donde los había sorprendido la tormenta fue triste y el abatimiento se evidenciaba en todos los rostros, particularmente en los de los custodios mongoles, a quienes el desierto les había arrebatado un compañero y quizás un familiar. Jack se acercó antes de abandonar el lugar a confraternizar con ellos, aún cuando no había ningún idioma común en que pudieran entenderse. Desde una cierta distancia Bodniev lo observaba con gesto aprobatorio, mientras los demás miraban en un silencio respetuoso.

En la expedición se había producido un quiebre moral al constatar sus miembros, sobre todo los más novatos en aventuras reales, la fragilidad de la existencia en medio del inmenso desierto con sus duras reglas, algunas no conocidas e imprevisibles, ya que desde el avistamiento de la tormenta en el horizonte hasta su desencadenamiento encima de sus cabezas no había transcurrido más de media hora.

Era evidente el cambio que se había producido en la superficie del desierto. La mezcla de paisajes de zonas cubiertas con piedras con otras de arena y hasta algunos parches de hierbas duras había dejado lugar a otro panorama donde sólo existía el polvo silíceo de un monótono color *beige* y el horizonte estaba tapado por las altas dunas cuya ubicación variaba con cada vendaval. En algunos tramos se veían esqueletos de camellos y caballos a los que viento había cubierto y otros vientos posteriores había puesto a la luz. Debbie se preguntó los restos de cuántas caravanas yacerían bajo esas ubicuas dunas.

Luego de viajar toda la mañana hicieron una parada junto a una de las pocas afloraciones rocosas que al menos les proporcionaban un poco de sombra y alivio al calor del aire a esa la hora, luego de haber pasado una fría noche; como fue dicho antes la amplitud térmica del Gobi es una de las mayores de mundo, lo que obligaba a abrigarse y desabrigarse reiteradamente varias veces al día.

El chaman había trepado ágilmente a la cima de la roca, que se elevaba unos treinta metros sobre el nivel del desierto circundante. Haciendo pantalla con una mano sobre sus ojos para evitar el deslumbramiento producido por la reflexión de los rayos del sol sobre la arena miraba insistentemente en una dirección fija y su gesto lucía preocupado. Jack y Dennis decidieron subir también con el fin de otear el horizonte que desde esa altura se expandía.

-¿Qué estás mirando, Aman?- Preguntó Jack.

Sin contestar el siberiano apuntó con su dedo en la dirección en que estaba mirando. En un primer momento los dos americanos no distinguieron nada, pero luego de un rato de adaptar la vista a la luminosidad reinante Dennis exclamó.

-Hay un ligero brillo que aparece y desaparece. Parece algo metálico.

Bodniev sacudió la cabeza en un gesto negativo.

-Es el reflejo de la luz del sol en unos binoculares.- Su voz denotaba preocupación.- Están barriendo el horizonte y por eso en ciertos momentos el brillo desaparece.

-¿Qué crees que puedan ser? ¿Miembros de una caravana?- Preguntó Dennis.

-Debemos asumir la hipótesis más negativa.-Contestó el siberiano.- Y prepararnos para ella.

-¿Y cuál sería esa hipótesis?

Sin contestar de inmediato el ruso comenzó a descender de la cima de la roca; en un momento espetó.

-Bandidos mongoles.

Dennis miró a Jack interrogativamente; el runólogo dijo.

-Conozco su reputación de oídas. Son asaltantes de caravanas despiadados. Roban todo incluyendo a los caballos y camellos, y dejan a las víctimas que no han matado abandonadas en el desierto a que mueran deshidratadas en las arenas.

-¿Crees que ellos nos han visto también?

-No lo sé, pero como dijo Bodniev debemos asumir que sí lo han hecho y prepararnos para ese caso. ¡Ven, bajemos!

Al descender vieron con algo de intriga que el siberiano se había dirigido en primer lugar a hablar reservadamente con Tsegseg, quien lo escuchaba con atención, luego se acercó a Batbayar y a los custodios. Dennis, quién no perdía detalle de las actuaciones del ruso preguntó a su acompañante.

- ¿Has visto el orden en que ha procedido Bodniev? Me pregunto qué significa.

-Yo tampoco lo puedo explicar.

Todos los expedicionarios se reunieron convocados por el ruso, quién procedió a narrar su avistamiento aunque sin brindar explicaciones. A continuación Dennis, que había tenido entrenamiento militar durante un par de años luego de salir de la universidad procedió a instruir sobre las medidas a tomar.

-Las sombras comenzarán a caer dentro de un par de horas. No podemos arriesgarnos a internarnos en el desierto si tenemos dudas de que haya personas potencialmente hostiles delante de nosotros.

-¿No podemos retirarnos, alejarnos de este sitio, volver sobre nuestros pasos?- Preguntó evidentemente asustada Debbie.

-¿Retirarnos? ¿Hasta dónde? Tenemos el mismo desierto a nuestras espaldas que tenemos frente a nosotros. ¡No! Creo que estas rocas en que nos hallamos nos dan la mejor ubicación para preparar una defensa, si esta resulta necesaria. Este acantilado nos cubrirá las espaldas y desde él tendremos un campo de tiro privilegiado. Dennis hizo silencio y miró a los restantes miembros de la expedición. Bodniev y Jack asintieron y el primero se dirigió a los custodios mongoles para explicarles la situación y la decisión adoptada. Por lo visto hubo consenso con respecto a las medidas a aplicar y se comenzó a llevar a la práctica la táctica de defensa. Los tres vehículos fueron dispuestos en un semicírculo frente a la roca, e intentaron enmascararlos con arena con no mucho éxito, a la vez que se tapaban también con arena los espacios debajo de los chasis. Dos de los guerreros mongoles armados de sus fusiles subieron a la cúspide de la roca, desde la cual podían cubrir un ancho y profundo campo de observación. Deborah y Selma se ubicaron en una grieta de la roca, que tenía una cierta profundidad aunque no llegaba a formar una cueva. Allí se dedicaron a preparar la comida mientras quedara algo de luz, pues no podrían encender fuegos que pudieran delatar su posición en medio de la noche.

Bodniev, Jack, Dennis, Martín, Batbayar y los otros dos mongoles se apostaron en los distintos puntos del semicírculo de vehículos y Martín vio con asombro que aparecían armas largas para todos, de las cuales no tenían noticias previas. Dennis caminó unos cien pasos hacia adelante para juzgar el dispositivo de defensa, y luego de un cuidadoso examen dijo con sorna al regresar.

-Es la versión moderna del círculo de carretas para defenderse de los indios en el Lejano Oeste.

Selma se acercó al sitio donde se hallaba Martin. Su gesto traslucía susto. Siguiendo un impulso el joven pasó un brazo sobre los hombros de ella y la aproximó. La muchacha exhaló un suspiro pero evidenció un alivio al sentir el abrazo masculino. De pronto preguntó.

-¿Y Tsegseg? ¿Sabes dónde está?

-Hace rato que no la veo. No había reparado en su ausencia.

Las sombras cubrieron la roca y las arenas circundantes y una larga vigilia comenzó en el desierto.

Deborah dormía profundamente luego de una jornada agotadora. En sus sueños agitados oía un retumbo lejano y apagado, como una letanía que avanzaba, giró de un lado al otro y el ruido cesó; luego un momento de silencio que aunque fue psicológicamente prolongado duró en realidad sólo unos instantes y por fin un relincho. Fue este último sonido que la despertó sobresaltada; se sentó en el suelo de arena sin entender que había pasado y siguió prestando atención sin percibir nada más. Ya desvelada se acercó agachada al lugar donde sabía que se encontraba Dennis, guiándose en medio de las sombras tanteando el camino. Al llegar al lado del hombre se percató que este hablaba en susurros con otra persona que por la voz resultó ser Bodniev. Aparentemente el joven había formulado una pregunta y el siberiano respondía.

-Han cubierto los cascos de sus caballos con trapos para amortiguar los sonidos. Ahora han desmontado y se estarán acercando en medio de las sombras.- Luego hizo un silencio detrás del cual murmuró.

-Atacarán al amanecer, con las primeras luces del alba.

Capítulo 11

Quince sombras se arrastraban por el suelo arenoso en medio de la oscuridad total que precedía al despuntar del alba. Llevaban en alto los objetos metálicos para evitar que su roce contra piedras del suelo produjeran ruidos que pudieran alertar a los sitiados de su presencia.

El avance era necesariamente lento pero tampoco tenían apuro pues no podían atacar en lo más profundo de la noche a riesgo de herir a sus propios compañeros. Se comunicaban entre sí por ligerísimos silbidos que apenas viajaban unos 3 o 4 metros antes de extinguirse.

Avanzaban en un ancho frente que rodeaba completamente el peñasco y su progreso estaba coordinado para que todos se hallasen a la misma distancia en cada momento. Seguían reptando en el mayor silencio en un ataque que sin duda habían llevado a cabo exitosamente en otras oportunidades.

Poco después de pasar dos de las sombras deslizándose al costado de un pequeño montículo que apenas sobresalía del suelo plano éste de pronto se movió ligeramente y una sombra pequeña se comenzó a erguir sacudiéndose silenciosamente la arena con la que había estado cubierta hasta ese momento. En completo sigilo se acercó agachada a las dos sombras que la habían sobrepasado inmediatamente antes. Dada la falta de luz de la luna nueva ningún destello metálico reflejó la filosa hoja en su movimiento hacia arriba para tomar impulso y luego hacia abajo, apenas el siseo del viento producido por el sable en sentido descendente delató lo ocurrido. La hoja cayó con precisión a pesar de la falta de luz y cercenó la cabeza del hombre que estaba arrastrándose en el suelo a la derecha. El mongol que se hallaba a la izquierda tuvo un presentimiento de lo que estaba ocurriendo y volteó su cabeza hacía el peligro que se le venía encima. Un grito agónico cortó el profundo silencio del desierto, fruto del último aliento del hombre antes de tener también su cabeza cercenada por la filosa lámina de acero mongol.

Luego del grito toda la zona del desierto se alborotó como una colmena apaleada. Las sombras que se acercaban a la roca se irguieron y comenzaron a correr hacia la misma mientras otras se volvían contra el peligro que había surgido a sus espaldas y el rechinar del choque de sables entre sí cubrió los aullidos de los atacantes.

Súbitamente unos rayos de luz procedentes de los focos instalados sobre los techos de los vehículos todo terreno iluminaron la escena y una media docena de disparos resonaron fuertemente y su eco rebotó en el desierto hasta entonces silencioso. En ese momento los primeros rayos de luz solar aparecieron sobre el horizonte oriental y se esparcieron por toda la escena

Martín hizo fuego con muchas dudas y vio como el hombre sobre el que había apuntado se desplomaba, uniéndose a los bultos que yacían en el suelo. En un momento el jefe de los atacantes, al ver su estrategia desbaratada sacó un cuerno de entre sus ropas y tocó retirada, de modo que los supervivientes emprendieron la fuga dejando siete cuerpos en el campo. Minutos después el sonido atenuado de los cascos de caballos alejándose a toda velocidad fue la secuela del desastroso final del ataque.

Bodniev, Batbayar, Jack, Dennis y Martín surgieron de detrás del semicírculo de camionetas portando sus armas y se acercaron al campo de batalla. Los dos americanos siguieron de largo tras la pista de los prófugos para asegurarse que efectivamente se habían retirado. El ruso y Batbayar inspeccionaban a los caídos y un par de disparos dieron cuenta de que dos heridos que se retorcían en el suelo habían sido rematados en esa primitiva lucha en el desolado desierto.

Martín con un gesto de éxtasis en su rostro avanzó a la figura que se alzaba en el escenario de la lucha aun sosteniendo un sable cubierto de sangre en su mano. El joven ya había reconocido en ese personaje a Tsegseg, pero la joven estaba transfigurada.

En vez de la modesta muchacha vestida en una casaca y pantalones de brin marrón al más puro estilo Mao, ahora Martín se encontraba frente a una guerrera con unas amplias bombachas de tela multicolor ajustados en los tobillos y un escueto chaleco de tela roja que apenas le cubría los pequeños senos. La sangre ajena y el sudor cubrían su cuerpo. El ver acercarse al muchacho dejó caer el sable al suelo. Con gesto embelesado Martín abrió sus brazos y los enrolló en torno a ella. Mirando desde lejos Selma inclinó su cabeza, al ver caer en pedazos las ilusiones secretamente guardadas.

Los viajeros estuvieron varias horas cavando tumbas al pie de la roca en la cuales depositaron los cuerpos de los siete bandoleros caídos. Con otras tareas de preparación para la etapa siguiente transcurrió la tarde, de modo que recién a las cinco p.m. se hallaban en condiciones de partir. Como quedaban muy poco tiempo de luz decidieron permanecer esa noche al amparo de la roca, que les había dado tan buenos servicios hasta ese momento. Uno de los mongoles que oficiaba de cocinero y Deborah prepararon una cena temprana y prendieron un fuego, esta vez sin temores.

-Incluso mantendrá alejados a los animales que estén merodeando alertados por el olor a sangre.-Informó Aman Bodniev.

-¿Qué tipo de animales hay en este desierto?- Preguntó sobresaltada Selma.

-Seguramente algún tipo de felino debe existir en estas soledades, y estará escaso de alimento.

-¿Dónde están Tsegseg y Martín?- Preguntó Jack al pasar. Dennis le hizo un gesto demandando silencio y luego se aproximó a él y susurró.

-No los hemos visto desde el fin del combate. Mi pariente estaba como transfigurado ante la visión de la mujer guerrera. Ya había dado señales de enamoramiento a simple vista antes.

-Es una muchacha que irradia magnetismo y poder.

-Y una aura de misterio en torno a ella.-Añadió Deborah que se había agregado al grupo de ambos hombres sin que éstos lo advirtieran.

-Me interesa oír una opinión femenina al respecto.- Dijo en tono objetivo su novio.- Debbie es muy perspicaz en temas de relaciones interpersonales.

-La muchacha ya había marcado a Martín desde el primer momento en que nos subimos a la camioneta conducida por ella, y con gestos sutiles fue tejiendo un lazo en torno a él. El muchacho hace rato que quedó seducido por ella.

-Yo no me había percatado de eso. Creí que Martín estaba interesado en tu hermana.

-Es un joven bien parecido y un poco cándido, muy propenso a caer bajo el influjo de una mujer de temperamento fuerte.

-¿Cómo está tu hermana con estas novedades?

-Devastada. Me parece que se había hecho ilusiones de las que ella ni siquiera era consciente.

En ese momento se unió Batbayar anunciando que la cena estaba lista.

Los mongoles habían hecho un grupo aparte y el guía se acercaba a ellos cuando Bodniev le pidió que se uniera al de los viajeros.

-Vamos a realizar un resumen de lo ocurrido en este día.- Dijo el ruso.- Comencemos por la parte militar, que dejo a tu cargo.-Agregó refiriéndose a Dennis.

-Aunque no nos lo habíamos propuesto explícitamente el dispositivo de defensa que habíamos armado funcionó como una emboscada. El elemento sorpresa que los bandoleros intentaron usar no les funcionó gracias a que tú, Aman, nos advertiste que venían por nosotros.

-Es cierto.- Agregó Jack dirigiéndose al ruso-¿Como lo supiste?

- Fue una...intuición. Ya te conté que son como flashes que pasan por mi mente.

-Pero la defensa armada no nos hubiera sido de ayuda sin la participación de Tsegseg.- Prosiguió Dennis.

-¿Que fue lo que la muchacha hizo en realidad?-Preguntó Debbie.

-Mi conclusión es que se tendió en el desierto a unos cien metros delante de esta roca.-Prosiguió Dennis señalando al acantilado.-...y se cubrió de arena con el sable en su mano. Allí debe haber esperado pacientemente a que los bandidos pasaran a su lado arrastrándose hacia la roca y luego les cayó desde la retaguardia con su temible arma, con la que ultimó a dos de ellos, y sobre todo nos puso en guardia de lo que estaba ocurriendo.

-¿Cómo es que sabía en qué forma nos iban a atacar?- Preguntó Jack.- ¿Como previó que se iban a acercar a la noche por el suelo?

-Esa es una técnica habitual en la hordas mongolas.- Batbayar se unió por primera vez a la conversación.-Avanzan agazapados para caer sobre sus víctimas con las primeras luces del alba. Tsegseg conoce esas tácticas.

-Lo que nos trae a la verdadera pregunta.- Añadió Aman dirigiéndose a Batbayar.- ¿Quién es Tsegseg en realidad?

Capítulo 12

Batbayar se revolvió incómodo en el suelo donde se hallaba sentado.
-Debes contarnos todo. -Urgió Jack.- Tú, tus hombres y nosotros estamos arriesgando nuestras vidas juntos en esta aventura.

Batbayar reflexionó durante unos instantes y luego su rostro evidenció que había tomado una decisión.

-Tsegseg es la hija primogénita y heredera del jefe de nuestra horda.

-¿Quién es el jefe de esa horda?- Inquirió Bodniev.

-Ata Khan.- Respondió sucintamente Batbayar. El ruso dejó escapar una exhalación, luego añadió.

-Bien prosigue.

-Tsegseg es una hermosa mujer pero ha sido criada por monjes budistas como un guerrero. Su padre la ha preparado para asumir la dirección de la horda, ya que planea retirarse él mismo a un monasterio.

-¿Cómo fue que ustedes se incorporaron a nuestro grupo?- Preguntó Jack. ¿Quién los reclutó?

-La decisión la tomó Ata Khan mismo. El ordenó que mis hombres y yo nos uniéramos a su contingente y designó a Tsegseg como nuestra líder.- El mongol se tomó un momento antes de proseguir.- No deben temer, nuestras órdenes son protegerlos a ustedes de los peligros del Gobi.

-Pero no creo que Ata Khan se haya convertido en protector de todos los extranjeros que deambulan por el desierto.- Razonó Bodniev.- ¿Por qué a nosotros? ¿Qué nos hace especiales?

-La verdad es que no lo sé. Quizás Tsegseg lo sepa. Yo soy sólo un soldado de la horda, lo mismo que mis hombres.- Batbayar se puso de pie y añadió.-Ahora debo ir con ellos.

-Por supuesto.- Concluyó Jack.- Ve con tu gente.

-Pero antes dime una cosa.- Agregó Debbie-¿Qué busca Tsegseg con Martín?

Batbayar lució sorprendido con la pregunta.

-Supongo que lo que toda mujer busca en un hombre. Déjame decirte algo. Cuando una joven mongola quiere conseguir un hombre, no cesa hasta que lo obtiene.

En el momento en que Batbayar se retiró apareció Selma y se unió silenciosamente al grupo formado por su hermana, Jack, Dennis y Bodniev. El rostro de la joven tenía evidencias de haber llorado pero ahora lucía tranquilo.

-Lo que hemos oído hoy de Batbayar altera todo lo que habíamos asumido relativo a nuestra expedición.- Afirmó Jack en voz grave.

-¿Qué quieres decir?- Preguntó Debbie con gesto de extrañeza.

-Creíamos que nuestro grupo Bluthund estaba al comando de toda esta búsqueda, pero vemos que otro grupo poderoso tiene su propia agenda, con intenciones que no conocemos.- Jack hizo un instante de silencio y luego preguntó.

-Dime Aman. Cuando Batbayar mencionó a ese Ata Khan tú exhalaste un suspiro. ¿Qué sabes de él?

-Es una figura legendaria en Mongolia Exterior y en toda Asia Central. Es un eslabón de una antigua dinastía de jefes mongoles que remonta a Gengis Khan, de quien se dice que es descendiente. Su horda está integrada por cinco o seis mil guerreros mongoles a quienes aunque vivan desperdigados en los desiertos puede convocar en breve plazo por medios misteriosos. Incluso he oído que su proyecto es restaurar la monarquía en lo que es la actual República de Mongolia a partir de los residuos de la Horda de Oro.

-Una iniciativa utópica.- Respondió Dennis.

-Nunca subestimes el empuje de los mongoles. Los rusos llevamos siglos intentando frenarlos.

-¿Cuál es la relación de Ata Khan con Bluthund?- Inquirió Dennis.

-La verdad es que no lo sé. Mis contactos simplemente me indicaron que nos estaría esperando este Batbayar con un grupo de escolta.

La muchacha sonreía. Con una mano acariciaba la cabeza que el joven había apoyado en su regazo mientras los acontecimientos del día desfilaban en su mente. Miró a Martín y confirmó que estaba durmiendo. Habían yacido acostados sobre un pequeño parche de hierbas mustias al amparo de unas rocas pequeñas y tenido sexo hasta quedar exhaustos.

Tsegseg había tenido un día victorioso. El lama budista que la había instruido en artes marciales y tácticas de guerra estaría orgulloso del desempeño de su discípula en el combate con los bandoleros del Gobi, ratas del desierto que su padre quería eliminar como requisito previo de sus planes. También la concubina principal de su padre estaría satisfecha con la forma en que su alumna había puesto en práctica sus lecciones de artes amatorias desbordantes de erotismo.

En un momento Martín movió la cabeza sobre el vientre de ella y decidió despertarlo.

-Vístete, debes ir a buscar mis ropas de trabajo de la camioneta, que dejé bajo el asiento del conductor.

-Me gustas más en esta ropa de odalisca.

-No de odalisca, tonto, sino de guerrera. Pero ahora está llena de sangre seca. Deberé lavarlas en el primer oasis que encontremos.

Martín regresó luego de un rato con lo pedido. La muchacha se quitó las ropas que llevaba, quedando su espléndido cuerpo femenino al desnudo, mientras Martín la observaba deleitado. En un momento tomó uno de los pequeños pies entre sus manos y lo besó.

-Ya basta. Debemos retornar al campamento.

Sin hacer caso el joven se tendió en la hierba junto a ella.

-Dime Tsegseg, ¿Por qué yo?

-¿Qué quieres decir?

-Es claro que me has elegido por alguna razón. ¿Por qué a mí, que no soy un guerrero?

-Simplemente porque me gustas. Esa es la simple razón por la cual que las mujeres mongolas elegimos nuestros hombres. Como ya te conté, soy la hija de un poderoso jefe y he heredado de él la decisión de ir a buscar lo que quiero.

-¿Que está haciendo la hija de tu padre oficiando de chofer en una expedición arriesgada?

La muchacha tomó unos instantes para meditar si debía comunicar su secreto; finalmente reflexionó que ya había conquistado al hombre que quería y decidió que debía confiar en él; de todas maneras lo tenía bajo su yugo, un yugo dulce pero férreo.

-Esperando la oportunidad de devolver a mí pueblo lo que le pertenece.

-¿Qué quieres decir? ¿De qué se trata?

-Ya lo sabrás a su debido momento.

Los dos jóvenes regresaron al campamento cuando los demás ya habían terminado de comer. Nadie hizo ningún comentario ni formuló ninguna pregunta. Sólo Debbie se acercó a ellos y dijo.

-Les hemos separado la cena. Siéntense allí, yo voy a volver a calentarla.

Martín advirtió la mirada huidiza de Selma y de inmediato supo a que atribuirla. Paradójicamente Deborah le dedicó una sonrisa en el momento en que sus miradas se cruzaron.

Esa noche, cuando Dennis y Martín se hallaban en la tienda que compartían, el primero, que venía luchando con la pregunta de hablar o no el tema con su pariente, finalmente dijo.

-Martín, creo que deberías saber que Tsegseg es hija...

-De un líder llamado Ata Khan, ya lo sé. También sé de sus proyectos para la nación mongola.

Dennis no pudo evitar preguntarse si el joven se habría convertido en un engranaje de esos proyectos. ¿Hasta qué punto la infatuación amorosa y los impulsos sexuales podían cambiar el barniz cultural de un joven? Pero la verdadera pregunta era ¿Hasta qué punto podrían seguir confiando en él como hasta ahora?

De esa manera, el primer conflicto con agentes externos a que se veía enfrentada la expedición generó una serie de interrogantes y replanteos en el interior de la misma.

Capítulo 13

La secretaria observó su imagen en el espejo de la sala de entradas; aguzó su sentido crítico pero todo parecía en orden; el cabello rubio ni demasiado corto ni demasiado largo, peinado hacia atrás en forma tirante, en realidad un poco pasado de moda pero adecuado para la organización para la que trabajaba, la blusa celeste sobre un corpiño ajustado, la falda apenas cubriendo la rodilla de manera de insinuar pero no mostrar sus bien torneadas piernas.

<*Alles in Ordnung*> Decidió. Se acercó a la majestuosa puerta maciza de madera que conducía al despacho del jefe. Obedeciendo a la consigna dio dos golpes con los nudillos, ni demasiado fuertes ni demasiado leves, y sin esperar instrucciones de adentro abrió la puerta sorprendiéndose una vez más de lo liviana que resultaba para una estructura tan pesada. Una vez en el interior esperó que el anciano sentado en el vasto escritorio situado sobre una tarima de dos escalones que lo colocaba sobre el nivel de los posibles asistentes le prestara atención. El hombre quitó sus gafas dejando al descubierto sus grandes ojos azules.

-*Ja, bitte, Frau Schmiddel,* la escucho.

Una vez que se habían dirigido a ella Gerda Schmiddel respondió.

-*Herr Direktor,* Hans Wildau ha entrado en el edificio, está viniendo directamente a este piso.

-Bien, Por favor hágalo entrar tan pronto llegue.

Unos minutos después se repitió la rutina; la secretaria golpeó la puerta, la abrió e hizo ingresar a un hombre bien parecido de unos cuarenta y cinco años, complexión atlética y cabellos rubios también peinados hacia atrás.

-Herr Direktor.-Dijo permaneciendo en la puerta e inclinando ligeramente la cabeza.

-¿Necesita algo más?- Preguntó la secretaria.

-Sí Gerda, por favor traiga dos cafés.

El director se puso de pie, se adelantó hacia el recién llegado extendiendo su mano.

-Gusto de verlo Hans, por favor siéntese conmigo.- Dijo señalando una pequeña mesa en un rincón de la inmensa oficina, en realidad una sala.

La secretaria entró nuevamente con los cafés y el Director le dijo.

-Gracias Gerda. Eso será todo.-

Luego se dirigió a Wildau que aún esperaba ser interpelado por su superior.

-Bien Hans, nos diste un susto en Kazajstán. Estuvimos un tiempo sin noticias tuyas.

-Exactamente veintitrés días *Herr Direktor*.

-¿Todo ese tiempo estuviste secuestrado?

-*¡Ja! Herr Direktor*.

En realidad el superior envidiaba a Wildau quien por sus responsabilidades y edad todavía podía vivir aventuras que desde que había sido atrapado por los temas burocráticos veinte años antes le estaban vedadas a él.

-Quiero oír todos los detalles.

Wildau conocía esa avidez del director por los detalles de experiencias límites, y su verdadero interés por sus subordinados, de modo que había elaborado una narración escrita de todo el episodio, que fue relatando agregando detalles y respondiendo las preguntas del jefe. Una vez terminado el director dijo.

-Bravo Hans, siento las angustias que has pasado. Te importaría dejarme esa especie de informe que has escrito. Tú sabes que me gusta tener narraciones de todo lo actuado.

-Por supuesto Herr Direktor.- Dijo entregando el papel.

-Ahora, háblame del nuevo tema. Entiendo que Bluthund y en particular nuestro amigo Jack Berglund están de nuevo en acción.

-Así es.

-Buen hombre este Jack Berglund.

-En efecto, lo es.

-Pero no es uno de los nuestros.

-No, eso está claro.

-¿Y como quedaron nuestras relaciones con él?

-Al final relativamente bien. No cabe duda que al principio lo perjudicamos pero finalmente usted logró sacarlo de la cárcel. (*)

* cf. Runas de Sangre, del mismo autor

-Bien, cuéntame en que andan ahora, tanto Bluthund como Jack Berglund.

-Por lo que sabemos están buscando un tesoro en el Desierto de Gobi, en la frontera entre Mongolia y China.

-¿Un tesoro allí? ¿Qué tesoro?

-Usted quizás recuerde al Barón Ungern von Sternberg.

-Sí, era uno de los enemigos de los bolcheviques durante la guerra que siguió a la Revolución comunista de 1917. Un personaje sumamente valiente pero excéntrico.

-Que respaldó la conjura de un rey quien desalojó por un tiempo a los jerarcas de la República de Mongolia del poder.

-Creo que Ungern fue finalmente fusilado por los bolcheviques.

-Así fue. Pero antes consignó a sus mejores hombres la tarea de llevarse el tesoro de la familia real mongola.

-¡Ah! Sí, sí. Algo recuerdo, pero siempre creí que era una leyenda.

-Es lo que divulgaron los sucesores de Ungern, para evitar atraer a los buscadores de tesoros. Sólo que podría no ser una leyenda.

-Bien, pero no está relacionado con lo que a nosotros nos interesa. Eso ocurrió en Mongolia y no en Tíbet, y no entiendo cual es la razón de nuestro involucramiento; nosotros no somos buscadores de tesoros. ¿O es que hay una relación después de todo?

Wildau inclinó su cuerpo ligeramente hacia adelante como para comunicar algo confidencial.

-Escuche esto, Sr.Director...

Luego de una conversación privada de más de una hora Wildau se levantó de su silla, saludó muy atentamente al Director y saló de la oficina. Al pasar por el escritorio de Frau Schmiddel le dio la mano de manera muy formal aunque le guiño un ojo. Luego salió al palier de los ascensores, en el cual ningún cartel anunciaba de quien era esa oficina ni de que se ocupaba.

Gerda Schmiddel desenrolló un pequeño papel que Wildau había dejado en su mano y constató que en él había escritos con letra menuda el nombre de un hotel discreto, un número de habitación y el número de un teléfono celular.

A pesar de estar casada con un hombre mucho mayor Gerda mantenía una discreta relación con Wildau, que se materializaba cada vez que el hombre estaba en Nueva York. La verdad era que estaba locamente enamorada de él.

El Director se levantó de su silla y bajó del pedestal en el que estaba montado su escritorio; se dirigió hacia el amplio ventanal y corrió las cortinas. Dado que se encontraba en un piso 19 tenía una amplia vista de Broadway, que ya a esa hora era un hormiguero de gente. El día era luminoso y el hombre cerró los ojos. Los recuerdos de su niñez en la brumosa Selva Negra acudieron a su memoria; en dos meses haría su peregrinación anual a su sitio natal que también incluiría ir a encontrarse con sus superiores. Esperaba esta vez poder llevarles pistas concluyentes de lo que los desvelaba desde décadas anteriores, y confiaba en Wildau para lograrlas. Lo que su subordinado acababa de confiarle encendía una nueva luz sobre un tema vital que había quedado en las penumbras luego de la caída del Tercer Reich. Ni el Director ni su organización eran nazis ni lo habían sido nunca, pero tanto unos como otros abrevaban en una cierta interpretación común de la Historia y de la Naturaleza.

La noticia era que el desmesurado Barón Ungern compartía creencias que diez o quince años más tarde un núcleo de ocultistas ofrecería al Fuhrer en ascenso. No sólo las compartía sino que en su época de dominio en Mongolia el Barón había llevado sus propias investigaciones en apariencia promisorias y las habría registrado, aunque no se conocía en que forma.

¿Sería posible que esta vez...? El Director sacudió la cabeza. No quería albergar esperanzas desmedidas, pero lo cierto es que se trataba de un objetivo central de su vida

AL LLEGAR A SU HOTEL Hans Wildau se duchó, se vistió con una bata y tras consultar el reloj tomó su celular y marcó un número que tenía guardado como Bluthund. Al tercer pulso atendieron del otro lado.

-Soy Hans.- Se identificó.

El otro le saludó en forma igualmente escueta.

-¿Tiene novedades de Berglund y los suyos?

-No, desde que salieron de Chojr les hemos perdido el rastro. Es evidente que se encuentran en algún sitio del Desierto de Gobi.

-¿Llamaron a la novia de Berglund, esa india..?.¿Cómo es que se llama?...

-Dhawan, Lakshmi Dhawan.

-... ¿La llamaron para saber si ella tuvo novedades?

-Sí, hablé con ella hace cinco días, y no había recibido llamados. No quiero llamarla nuevamente. Trabaja en el FBI, es muy perspicaz y no quiero que sospeche.

-Bien, hazme saber si tienes noticias.

-De acuerdo. Tú debes hacer lo mismo.

Ambos hombres cortaron la llamada al unísono, ya que sabían que las llamadas cortas eran menos susceptibles de ser rastreadas.

Wildau se recostó en la cama y se quedó dormido por el cansancio. Se despertó de golpe, miró el reloj y saltó del lecho. No deseaba llegar tarde a la reunión con Gerda. Planeaba que ambos se emborracharan pues sabía el nivel de desinhibición al que la mujer llegaba en ese estado. Luego Wildau pondría en práctica con ella ciertas artes amatorias que había aprendido en Oriente en brazos de ciertas exóticas mujeres. Pero su interés en Gerda no era meramente sexual, hacía mucho tiempo que sabía que ella estaba enamorada aunque no conseguía precisar sus propios sentimientos. Debido al envaramiento germánico de ambos esos sentimientos no habían salido a la luz pero esta vez Hans Wildau estaba dispuesto a aclararlo en medio del éxtasis de pasión.

Capítulo 14

Dennis había constatado las coordenadas que había conseguido con el GPS por medio del procedimiento astronómico habitual, no tanto porque desconfiara del primero sino porque sentía simpatía por el uso del sextante.

-ESTAMOS PRÁCTICAMENTE sobre la frontera con China.-Expresó en voz baja.

-No hay ningún signo a la vista del límite.-Comentó Debbie con gesto de sorpresa.

-¿Qué esperabas en medio de estas soledades? ¿Un cartel de bienvenida en varios idiomas?

-No te pongas grosero.

Arrepentido el hombre se acercó y le dio un beso en la frente. En ese momento apareció Bodniev detrás de ellos; obviamente el siberiano había oído el comentario de Dennis.

-Voy a salir a caminar un rato, mientras ustedes preparan la cena.

-Está oscureciendo, no tardes mucho.-Previno preocupada la mujer.

-Déjalo, el sabe cuidarse. Además lo que tiene que hacer lo debe hacer solo.

-¿A qué te refieres?

-No te olvides que es básicamente un vidente, y que se espera que nos guíe en nuestra búsqueda. Supongo que se irá a retirar a algún sitio solitario para meditar.

En efecto Bodniev caminó por un largo rato hasta llegar a un sitio que internamente le inspiró confianza; movió varias piedras para usarlas como asiento y juntó las escasas maderas secas y manojos de hierbas que alguna lejana estación de lluvias habían dejado en esa zona del desierto. Encendió un fuego y se sentó en las piedras a esperar. Algo le indicaría desde adentro cuando sería el momento de actuar. Comenzó a hamacarse muy suavemente en su asiento pétreo mientras un susurro salía de su boca, en forma de una melodía extraña con frases repetitivas que evidentemente correspondían a un mantra. Tomó su amplio morral y de él sacó un pequeño tambor plano que comenzó a percutir con una mano, mientras miraba fijamente las llamas. En un momento metió la mano nuevamente en el morral y extrajo un puñado de hierbas secas, seleccionadas y recogidas en su Siberia natal. Acto seguido las arrojó al fuego donde comenzaron a crepitar y a producir un humo acre. El chamán acercó su rostro a la hoguera de forma de inhalar de pleno el humo y comenzó a hamacarse en forma más violenta y a elevar el tono de voz. Permaneció en esa forma por un período prolongado hasta que de repente hizo silencio y permaneció quieto. Luego se levantó y pronunció ciertas palabras de alguna lengua siberiana olvidada y que ni siquiera él podía entender. Se hallaba exhausto del esfuerzo de concentración que había realizado pero satisfecho del resultado del viaje iniciático. Arrojó arena sobre el fuego y guardó sus elementos rituales; luego comenzó un lento regreso al campamento.

Los viajeros reunidos en torno a una fogata donde se hallaban cenando lo vieron pasar en silencio y entrar en su tienda, que a diferencia de las otras no era un producto industrial de camping sino una carpa hecha por el mismo Bodniev con pieles de animales y bastante pesada.

Jack lo siguió con la mirada y comentó en voz baja.

-Creo que mañana tendremos novedades.

Cuando Debbie abrió la puerta de la tienda Selma se despertó sorprendida de ver a su hermana ya completamente vestida.

-¿Qué hora es?

-Hora de partir. ¡Levántate dormilona! Los hombres ya han guardado todo en los vehículos y sólo queda esta tienda por desarmar.

Como era usual la camioneta conducida por Batbayar iba al frente. Bodniev daba cada tanto indicaciones al chofer sobre el rumbo a tomar, mientras Dennis con una brújula en la mano marcaba en el plano el curso que tomaba la expedición. Luego de aproximadamente una hora de viaje el paisaje comenzó a cambiar tornándose más ondulado, con afloraciones rocosas cada vez más frecuentes y elevadas. Finalmente aparecieron en el horizonte unas elevaciones que no llegaban a constituir una sierra. El ruso aguzaba su vista de modo que sus ojos se convertían en dos líneas hasta que de repente abandonó su casi total mutismo con un gesto de una inesperada excitación.

-Allí están...las gibas del camello.

-¿A qué giba te refieres?- Preguntó desconcertado Dennis, mientras Jack sonriendo le señalaba dos colinas que se alzaban hacia el este y que de alguna forma semejaban el lomo de un camélido.

-¿Es eso lo que has visto en tus visiones?- Preguntó Dennis lo que fue respondido por un gesto afirmativo por el ruso.

-Son tal como las vi en mi visión en Siberia.-Agregó exultante.

Mientras la caravana se acercaba a las elevaciones Bodniev indicó poner rumbo a la depresión de la tierra entre ambas jorobas del alegórico camello.

-¿Habrá un sendero practicable en esa zona?- Preguntó Batbayar.

-Sí. -Fue la lacónica respuesta del ruso.

Se pusieron en marcha hacia la depresión entre las elevadas colinas y pronto Dennis señaló un angosto paso entre las rocas. Bodniev asintió con la cabeza y la caravana se adentró en el desfiladero sin realmente saber si conduciría a algún sitio o si podrían regresar sobre sus pasos en caso negativo; era la primera de muchas decisiones cruciales que deberían adoptar en su trayecto.

Los vehículos se estremecían fuertemente al pasar sobre grandes peñascos que los conductores no siempre podían evitar y en algunos momentos les costaba avanzar frente a ciertos obstáculos que ni aún la tracción en las cuatro cuerdas conseguía superar. Varias veces todos los ocupantes debieron descender para empujar a los camiones con el objeto de desatascarlo. Luego de llegar a un punto alto el sendero comenzaba a descender y se ensanchaba, dando un respiro a los motores y los conductores.

DENNIS ESTABA FILMANDO el panorama a ambos costados y grabando una descripción de lo que veía frente al micrófono de la cámara para que quedara registrado.

-Estamos descendiendo hacia un valle contorneado por colinas en toda su periferia. Hacia adelante el panorama árido del Gobi parece irse transformando en un paisaje más amigable, con hierbas cubriendo las laderas descendentes de las montañas. Es probable que el círculo de colinas bajas cree un microclima que retenga algo de humedad. Me pregunto si la orografía elevará los vientos del desierto para que pasen por encima y no deshidraten este valle.

Mientras tanto habían llegado a una depresión rodeada de arbustos más altos y Dennis dio una orden a Batbayar.

-Detente aquí. Quiero ver que hay entre esos pastos.

Se apeó del vehículo y caminó unos doscientos pasos hasta llegar al sitio señalado. Se inclinó y cuando se incorporó comenzó a hacer gestos instando a los demás a acercarse.

-Es un pozo con agua.- Exclamó entusiasmado.-Traigan bidones para reponer lo que hemos consumido.

Al llegar al pozo Deborah constató que efectivamente el pozo de forma aproximadamente circular tenía un diámetro de unos treinta metros con una superficie de unos cien metros cuadrados. Los bordes eran barrosos pero el líquido hacia el centro del estanque se veía más claro. Dennis se quitó las botas y se arremangó los pantalones y tomando dos de los bidones de veinte litros se internó en el agua, seguido por tres de los mongoles que exhibían un entusiasmo similar por el inesperado regalo de la naturaleza.

- Bien. Estableceremos un campamento aquí. Estamos muy cansados, necesitamos bañarnos y calentar una comida decente.- Dijo Jack, quien era quien normalmente tomaba las decisiones del viaje. Ahora vamos a reponer agua en los radiadores de los camiones.

La noche se vino encima en ese clima festivo y distendido y mientras las mujeres y el cocinero mongol preparaban la cena los hombres lavaban los vehículos quitando la espesa capa de polvo del desierto que se hallaba en el interior de los mismos.

Luego de comer los grupos se reunieron en torno a dos alegres fuegos que propiciaban la conversación.

-¿Es éste el sitio que has visualizado en tus trances?- Preguntó Dennis dirigiéndose al siberiano.

-Sin duda, es dentro de este recinto que los hombres de Ungern depositaron su tesoro, sea lo que fuera que este contuviera.

-Pero... ¿Tienes más precisiones de donde estará? Este valle tiene muchas hectáreas de superficie.

-He visto a los hombres excavar y creo que una vez que estemos en él podré individualizarlo, pero debemos encontrarlo primero.

-¿Cómo piensas hacerlo?- Insistió Debbie.

-Cada día tiene su afán. Mañana nos pondremos a la búsqueda.- Mientras decía esto Bodniev dirigía una mirada sugestiva a Selma que sólo Deborah captó, aunque se abstuvo de formular preguntas.

Efectivamente al día siguiente, luego del frugal desayuno y mientras los hombres realizaban trabajos para establecer un campamento más permanente, Bodniev se acercó a Deborah y Selma y dijo.

-Vamos a aprovechar las primeras luces para comenzar la exploración.

-Podemos esperar que Dennis y Jack terminen con el campamento.- Respondió Debbie.

-No, ni ellos ni tú serán parte de esta etapa.

-No te entiendo.

-Tengo pensado invitar a Selma a acompañarme en la exploración.

-¿Por qué Selma?- Debbie parecía sobresaltada.

-Ya te dije que puedo percibir que tu hermana tiene... poderes especiales. Yo puedo detectarlos cada vez que estoy cerca de ella.

-Tonterías. Jamás los evidenció antes.

En ese momento Selma terció en la discusión sobre un tema que la concernía en forma directa.

-Tú no conoces en realidad mis percepciones; no sabes lo que siento en determinados momentos. Sólo sabes lo que yo te he contado.

La hermana mayor lucía completamente desconcertada. Luego retomó su aplomo y dijo.

-Como hermana mayor me siento responsable por ti. Si quieres ir...sea, pero yo te acompañaré en todo momento.

Selma se preparaba para responder con un gesto airado cuando el ruso se interpuso en lo que parecía que iba convertirse en una difícil discusión entre hermanas. Refiriéndose a Debbie dijo.

-Estoy de acuerdo con que nos acompañes pero es necesario que se manifiesten esos poderes en Selma, lo que requiere un alto grado de concentración y aislamiento y es importante que no interfieras. Podrás venir detrás de nosotros a una distancia prudencial. Llegará un momento en que yo mismo me apartaré y dejaré a Selma guiarnos.

Deborah meditó un instante y finalmente accedió.

-Muy bien, pero siempre deberé tenerlos a la vista.

El chamán bajó los brazos en un gesto abatido y finalmente dijo.

-De acuerdo.

Se volvió hacia su tienda y dijo.

-Voy a preparar algún equipo. Asegúrense de llevar algo de comer y sobre todo agua. Vamos a estar probablemente muchas horas ya que el valle es extenso.

Habían recorrido ya una parte considerable de la superficie de la depresión entre las colinas sin que ninguno de ellos encontrara lugares que les parecieran destacables. Como venían barriendo el valle desde un extremo oriental al otro occidental habían por fin llegado a uno de los bordes situados junto a una de las elevaciones, que se veía rodeada de peñascos rocosos bastante altos. Bodniev, fatigado por la caminata se sentó en una de las rocas e invitó a Selma a hacer lo mismo. A continuación metió su mano en el morral que lo acompañaba siempre, especie de bolsa milagrosa de la que sacaba elementos tan variados como inesperados; Selma lo observaba distraídamente sin un interés particular. Por fin el siberiano exhaló un suspiro de satisfacción cuando extrajo un manojo de metales e hilos que la muchacha pronto reconoció.

-Tú tienes una sensibilidad especial con el péndulo.-Dijo el chamán.-Es hora de ponerla a prueba directamente en el terreno.

Ambos se pusieron de pie y la joven tomó el instrumento dejando que el cono de acero colgara atraído por la gravedad.

-¿Qué debo hacer?

-Caminar en distintas direcciones en forma de espiral con centro en esta roca, y veremos si el péndulo de pone en movimiento en algún momento, o si tú registras en tu cuerpo alguna forma de vibraciones, aunque no se manifieste en el aparato.

La muchacha comenzó a describir volutas cada vez más alejadas de la piedra tomada como referencia con un gesto de gran concentración y seriedad. Bodniev la observaba detenidamente y la actuación le confirmaba que su presunción previa de que Selma tenía predisposición natural para la radiestesia era correcta. La actividad duró una media hora, durante la cual Selma se había apartado unos cien metros del punto de referencia. Haciéndose cargo de la fatiga que la muchacha ya comenzaba a evidenciar el ruso se puso de pie y caminó hacia ella, diciéndole cuando estaba cerca.

-Ahora descansa un poco, manteniendo la posición en que te encuentras.

Selma simplemente se sentó en el suelo cubierto de hierbas mientras Bodniev se la acercaba.

-Este lugar me resulta vagamente familiar.- Expresó al llegar. Tengo un buen presentimiento.

Luego de restaurar fuerzas durante un rato la joven se puso nuevamente de pie y prosiguió con su exploración, mientras el ruso regresaba a la roca tomada como punto de partida. Apenas se había sentado en ella volvió a mirar a Selma y con sorpresa vio que se había detenido y miraba los alrededores del sitio en que estaba con un cierto desconcierto.

Bodniev se puso nuevamente de pie y se dirigió hacia la joven con una velocidad insospechada en un hombre tan grande, mientras gritaba.

-Quédate allí. No te muevas.

Mientras se aproximaba al sitio donde lo esperaba la mujer el chamán proyectó una mirada abarcadora al paisaje que estaba delante de él, el valle, el cordón de colinas circundantes y las rocas situadas más cerca de las mismas. Sintió como si un velo se corriera frente a sus ojos, frenó su caminata veloz y con muestras de excitación giró 360 grados en torno a si mismo.

-Este es el lugar de mis visiones, reconozco el entorno natural perfectamente. ¿Qué has sentido tú?

-No lo sé exactamente, lo que yo experimento es una fuerte direccionalidad hacia aquellas rocas oscuras y grandes.

-Sin embargo este es el sitio de mis visiones.- Insistió el siberiano. Acto seguido comenzó a tomar piedras sueltas de alrededor y a apilarlas en el sitio en que se hallaba Selma.

-Ven, ayúdame a levantar un monolito.

Cuando la pila de piedras se elevaba un poco menos de un metro de altura Bodniev dijo.

-Ya es suficiente. Es visibles desde bastante lejos.

-¿Y ahora qué haremos?

-Volveremos con los demás trayendo palas y otros elementos.

Deborah, Dennis, Jack y Martín estaban trabajando en el aseo de los camiones cuando vieron acercarse a la joven y el ruso.

-Se ven agitados.- Expresó Dennis.- Quizás haya novedades.

Capítulo 15

Habían cargado todos los elementos para trabajar en la excavación en una de las camionetas y en ella y en el otro vehículo utilitario viajaron todos los integrantes de la expedición excepto uno de los custodios que quedó en el campamento junto al camión grande para vigilar.

Pronto avistaron el monolito erigido por Bodniev y Selma y comenzaron a descargar los elementos de los vehículos. Todos los hombres comenzaron a excavar el duro suelo que yacía bajo la tenue capa de hierba, actuando bajo los rayos del Sol que pronto comenzaron a hacer sentir sus efectos sobre los trabajadores. Debbie y Selma acudían con cantimploras de agua para evitar la deshidratación de los trabajadores, riesgo siempre presente en el seco clima del desierto.

-¿A qué profundidad crees que habrá que cavar?- Preguntó Deborah dirigiéndose a Bodniev.

-No más de cuatro metros, pero antes debiéramos tener signos de alguna actividad.

Los hombres estaban trabajando haciendo pozos en un círculo de unos veinte metros de diámetro en torno al monolito. Luego de dos horas de labor uno de los mongoles hizo señales a la vez que profería algunos gritos dirigidos a Batbayar.

-Allí hay algo.- Repuso el guía mientras todos se acercaban al sitio. Al llegar el custodio les indicó el pozo en el que se hallaba trabajando.

En él se hallaban piedras que estaban obviamente fuera de lugar a esa profundidad.

-En este sitio ha habido actividad humana previa.- Dictaminó Dennis.- Concentrémonos a cavar todos aquí.

El pozo había crecido en diámetro y en profundidad y algunos de los trabajadores se habían sentado en sus paredes con el objeto de tomar resuello. Jack era uno de los que seguía paleando cuando de pronto exhaló una maldición.

-¿Qué ocurre, Jack?- Preguntó asustada Debbie.

-He dado contra algo duro.

-Espera. No prosigas. Vamos todos a cavar alrededor.- Expresó Dennis en voz alta que denotaba su excitación.

Cuando había profundizado alrededor del obstáculo que había encontrado Jack, Bodniev deslizó su inmenso cuerpo en el interior del pozo y con gran esfuerzo levanto un objeto contra el que había impactado la pala de Jack.

-¿Qué demonios es eso? Parece madera.-Preguntó Martín con un gesto perplejo.

EL RUSO DEPOSITÓ SU carga en el suelo fuera del pozo a la vez que dictaminaba.

-Son los restos destrozados de un arcón de madera. El clima seco y la ausencia de lluvias que penetraran en el suelo lo han mantenido sin pudrirse.

-¿Será el remanente de un cofre...?-Martín no se animó a completar la pregunta.

-Con toda probabilidad es parte de lo que los hombres del Barón Ungern sepultaron. Vamos sigamos cavando alrededor pero con cuidado para no dañar posibles restos.

Las horas transcurrieron marcadas cada tanto por exclamaciones que daban cuenta del hallazgo de algunos restos dentro del pozo que se había ampliado notoriamente. Durante un tiempo siguieron alumbrados por los faros de los vehículos que habían podido aproximarse a una cincuentena de metros hasta que eso se hizo insuficiente, luego de un rato de estar sólo alumbrados por las linternas y por una luna menguante de muy escasa visibilidad Jack dijo.

-No tiene sentido agotar las baterías de nuestras linternas sin lograr resultados. De todas maneras es obvio que aquí no hay lingotes de oro ni de plata. Volvamos al campamento y regresaremos a este sitio mañana por la mañana.

Al despuntar el alba del día siguiente el campamento comenzó sus actividades y una media hora después las dos camionetas rumbearon hacia la excavación abandonada la noche anterior. Todo lucía claro entonces. El pozo medía unos veinte metros de diámetro y unos seis metros de profundidad, y sobre sus bordes externos se hallaban todo tipo de objetos rescatados del interior. Los viajeros se dispusieron en torno al socavón y observaban en silencio hasta que Jack reiteró.

-No tiene caso seguir cavando, no hay nada más en ese sitio.-Miró a su alrededor y constató que había consenso.

-Vamos a examinar lo que hemos sacado y ver que nos dicen estos restos.

Pusieron todos los objetos en una fila y cada uno de los miembros tomaba uno de ellos, se apartaba y analizaba en detalle cada objeto, tomando nota de sus observaciones. Luego de concluida la tarea Jack convocó a sus compañeros para realizar una evaluación.

-Bien, tenemos trozos de cuero que presumiblemente pertenecieron a maletas, pedazos de tela gruesa y algunos trozos de metal desgarrado. ¿Qué nos dice todo esto?- La pregunta era un desafío a todos los expedicionarios.

Se impuso un silencio momentáneo hasta que Dennis levantó la mano.

-Sí, Dennis.- Concedió Jack.

-Todos estos objetos pertenecen a embalajes de distintos materiales y tamaños, a los cuales se les retiró el contenido y se descartó luego. Es evidente que, si este es efectivamente el sitio donde los hombres del barón Ungern sepultaron el tesoro, alguien vino desde entonces y lo retiró. Alguien que sabía dónde buscar.

A continuación habló Debbie.

-Aunque hay bastantes trozos de envoltorios me parece pocos para algo que fue considerado un tesoro de Mongolia Exterior. Creo que estos fueron abiertos sólo para constatar que era efectivamente lo que los saqueadores buscaban y una vez confirmado, se llevaron el resto con su empaque, que por lo demás es más lógico.

Un murmullo de aprobación siguió a sus palabras.

Luego fue el turno de Martín.

-Me pregunto para qué han vuelto a colocar estos restos en el lugar en que los hallamos y se tomaron el trabajo de tapar nuevamente el pozo, cuando podrían haberse ido dejando todo a la intemperie.

-¿Y tienes alguna respuesta para tu misma pregunta?

-La que se me ocurre es que desearon borrar sus rastros...

-...Ya que el saber que el tesoro había sido saqueado indicaría que fue retirado por aquellos que lo habían sepultado, ya que eran quienes conocían su ubicación. Ello los inculparía como saqueadores. Esto es como un crimen donde han hecho desaparecer el cuerpo.- Completó Debbie.

-Yo sólo puedo agregar que este es sin duda el sitio donde tuvieron lugar los hechos que mis visiones repitieron.- Dijo el chamán.

- Es justo reconocer que sin las visiones de Amán nunca hubiéramos dado con este sitio y el secreto de loa saqueadores hubiera permanecido por siempre.- Expresó Jack, y luego dirigiéndose al ruso.- Es notable la precisión de tus predicciones.

-Bien, ¿Alguien más? ¿Dónde está Selma?

-¿Dónde está mi hermana?- Repitió alarmada Debbie.

-La vi irse en aquella dirección, hacia esas rocas.- Anunció Martín.-Llevaba el péndulo de Bodniev en sus manos.

El ruso se palmeó la frente.

-Ahora recuerdo que cuando reconocí este sitio Selma insistía que sus sensaciones con el péndulo la llevaban en otra dirección. Precisamente hacia esa rocas grandes.

-Vamos a buscarla.- Dijo Dennis.- Tú Batbayar, quédate con tus hombres a custodiar este sitio.

Debbie, Dennis, Jack, Bodniev y Martín se dirigieron hacia el acantilado, distante unos doscientos metros.

-No se ve a Selma por ningún lado.-Sollozó Deborah evidentemente angustiada.- Nunca debí aceptar traer a mi hermanita a este sitio.

-No te tortures.- Le respondió Dennis tomándola entre sus brazos. Ya va a aparecer.

- Dividámonos y circundemos las rocas. En algún sitio va a estar.

Durante un tiempo estuvieron buscando a la muchacha mientras el grado de ansiedad crecía y no sólo en Debbie. Finalmente, luego de dar vuelta alrededor del afloramiento volvieron a encontrarse frente a la roca.

-¿Dónde está Martín?- Preguntó Dennis.- Lo último que necesitamos es otro extraviado.

En ese momento se oyó una voz desde una cierta altura del monolito. Martín había escalado una ladera bastante escarpada y se hallaba haciéndoles señas desde una altura de unos treinta metros.

-¿La has hallado?- Preguntó Debbie con voz quebrada.

-Creo que aquí hay matorrales que han sido movidos recientemente.- Gritó el muchacho. Hay una especie de entrada a una cueva o algo así.

-Quédate allí y espéranos. No te muevas.- Contestó su pariente también en voz alta. Luego dijo a Jack.- Subiremos nosotros dos.

-De acuerdo. Sólo déjame ir a la camioneta a buscar linternas y cuerdas.

En ese momento apareció Tsegseg, que había estado presente pero había permanecido en un segundo plano en todo el evento.

Acercándose a la base de la colina comenzó a trepar por ella saltando los peñascos y sorteando los escollos que el rugoso acantilado le ofrecía a una velocidad pasmosa como si sus pies estuvieran dotados de alas que le permitían avanzar donde otros hubieran necesitado aferrarse a las rugosidades de la roca. Llegó finalmente hasta el sitio donde se hallaba Martin.

TODOS DESDE ABAJO LA miraban asombrados.

-¿Quién es realmente esta muchacha? Ni una cabra montesa hubiera podido trepar ese risco en esa manera.- Preguntó totalmente desconcertado Dennis.

-Había escuchado que sus antepasados caminaban por las montañas.- Dijo en voz emocionada Batbayar, quien se había unido al conjunto.-Pero nunca lo había presenciado. Es más, siempre tuve dudas sobre la veracidad de esas viejas narraciones.

-¿De qué narraciones y de que antepasados estás hablando, Batbayar?- Preguntó Jack, quien no conseguía salir de su asombro.

-Creo que he hablado demasiado.- Respondió el mongol, quien acto seguido desapareció para reunirse con sus hombres que a la distancia habían presenciado el hecho y se hallaban en una actitud recoleta como si estuvieran en un acto religioso.

Martín, quien no salía de su estupor, se apartó del sitio en que se hallaba, dejando a la vista de Tsegseg lo que efectivamente lucía como la entrada a una cueva que se internaba en la colina. La joven mongola pasó al lado de él y sin dudarlo por un segundo se internó sin dirigirle la mirada en la entraña del misterioso túnel. No había ninguna luminosidad en el sitio de modo que el muchacho no entendió como se guiaba, pero siguiendo un impulso que le guiaba cada vez que Tsegseg hacía su aparición se largó en pos de ella, tratando de guiarse tanteando las paredes de la cavidad.

Cuando Dennis y Jack consiguieron llegar a su vez a la entrada del túnel la misma se hallaba pues desierta. Cada uno de los hombres empuñó una linterna eléctrica potente y dejó el resto de la carga que había traído en el suelo de la entrada, incluyendo sogas y garfios.

Los dos avanzaron por lo que era una verdadera caverna que se extendía por decenas de pasos en el vientre de la montaña siguiendo cursos tortuosos.

-Me pregunto quién o qué habrá excavado este túnel y como habrá ocurrido.-Se interrogó Dennis.

-Pienso que solo el agua pudo haber desgastado la montaña en esta forma.- Respondió Jack.

-¿AGUA EN ESTE DESIERTO? ¿Fluyendo a la velocidad que es necesaria para horadar la piedra? ¿Y a cerca de treinta metros de altura sobre el nivel del desierto circundante?

-Quizás esto no fue siempre un desierto y quizás no siempre estuvo a esta altura. Ciertos desiertos han sido lechos de mares en otras eras.

En ese momento una brisa procedente del interior les acarició el rostro y una cierta luminosidad se dejó ver delante de ellos.

A la vuelta del siguiente recodo en el camino un espectáculo los dejó completamente atónitos.

El estrecho sendero interno que habían seguido se ensanchaba repentinamente hasta tomar las dimensiones de una vasta sala, iluminada por una especie de abertura cenital en el techo por la que entraban aire y luz. Selma, Tsegseg y Martín se hallaban parados frente a una larga roca horizontal que atravesaba la estancia de extremo a extremo. Sobre la misma yacían una cantidad de piezas que reflejaban con un resplandor áureo la luz indirecta que recibían.

Los tres jóvenes se hallaban en posición respetuosa frente al hallazgo. Selma y Martín voltearon sus rostros para mirar a los dos recién llegados. Tsegseg dio un paso al frente y colocó su mano sobre la piedra; en el momento en que la misma tomó contacto con una de las barras metálicas el contorno del cuerpo de la muchacha se iluminó con un fulgor que deslumbró en un primer momento a los presentes.

Obedeciendo a algún extraño impulso Martín se acercó a la joven y colocó su propia mano sobre la de ella. Ningún efecto siguió a su acción.

Capítulo 16

Selma se cubrió el rostro, mientras Jack y Dennis no salían de asombro producido por el perturbador hecho. La muchacha estaba en un estado emocional alterado y su mirada parecía perdida; aún sostenía en su mano izquierda el péndulo que oscilaba visiblemente. Jack tomó a la joven por el brazo y la llevó hacia la entrada de la sala y luego por los corredores que habían atravesado para llegar. Al pasar junto a Dennis musitó.

-Está en un estado de trance quizás hipnótico quizás inducido por su uso del péndulo. Voy a llevarla al aire libre.

-Creo que yo también lo necesito.

-¿Vas a dejar a Martín sólo con esa muchacha?

-No creo que me necesite, ni siquiera que se percate de que estoy aquí.

Cuando llegaron a la entrada de la cueva se encontraron con Batbayar, quien también había sufrido un cambio en su presencia, visible en su indumentaria. Llevaba un atuendo de guerrero oriental y lucía una extraña cimitarra en su cintura, artefacto inesperado en el siglo XXI.

-¿Qué haces aquí?-Preguntó Dennis quien no cesaba de recibir una sorpresa tras otra.

-Lo que he hecho en los últimos años.- Custodiar a la princesa.

-¿Te refieres a Tsegseg?

-Sí.

-¿Entrarás en la cueva?

-No, a menos que haga falta.

Completamente confundido Dennis siguió a Jack y entre ambos condujeron a Selma en el descenso de la colina.

Martín se hallaba al lado de Tsegseg, pendiente de los mínimos movimientos de la muchacha. Ella miraba fijamente los lingotes de oro que yacían alienados cuidadosamente sobre la superficie rugosa de la piedra. Finalmente la mujer volteó su rostro mirándolo y el joven pudo ver un brillo extraño en los ojos de ella. La mano pequeña de ella se posó sobre su brazo y lo condujo hacia un rincón de la amplia sala que permanecía en la oscuridad. Allí la muchacha comenzó a desvestirse y con la cabeza le indicó que hiciera lo mismo.

Ambos yacieron en el suelo y Marín cuando llegaron juntos al clímax Martín tuvo la certeza de que estaba formando parte de un ritual religioso cuyo sentido se le escapaba.

La muchacha se volteó hacia un costado; en sus labios se había formado una sonrisa que deseaba mantener oculta; en esa tarde había conseguido dos objetivos fundamentales en su vida. Por un lado había hallado el tesoro de su pueblo y por otro había sido fecundada en un lugar sagrado. En su fuero interno Tsegseg sabía que el hijo que iba a concebir lideraría a su pueblo a la libertad.

Llegaron al sitio donde habían dejado a los dos vehículos cuando la tarde caía. Todos lucían fatigados y confundidos. Dennis encendió un precario fuego con ramas y hierbas dispersas en el cual Debbie calentó la comida que habían traído. Jack amagó con hacerle alguna pregunta a Bodniev pero el ruso se atajó con un signo de su mano derecha.

-Por ahora no tengo respuestas. Hay que dejar que la noche decante.- Dijo.

Comieron en silencio y cuando habían terminado vieron aparecer a la escasa luz de la luna menguante a Tsegseg acompañada de Martín y Batbayar.

-Creo que lo mejor será regresar al campamento para pasar la noche en las tiendas y bolsas de dormir. Mañana podemos regresar.

Viajaron a la luz de los faros de las camionetas y encontraron que los custodios mongoles habían encendido un buen fuego. Tsegseg, Selma y Martín fueron cada uno a su tienda pues habían tenido un día agotador por la tensión a que habían estado sometidos. Los mongoles permanecieron en su tienda, mientras que los demás, aunque estaban fatigados, no podían concentrarse en el sueño y prefirieron hace una reunión en torno al fogón hasta bien entrada la noche. Bodniev invitó a Batbayar a unirse al grupo.

-Creo que podemos intentar encontrar algún sentido, aunque sea parcial, a los acontecimientos destacables que hemos presenciado hoy.- Dijo Dennis interpretando el sentir general.

-Me parece bien, empieza tú mismo.- Respondió Jack.

-Bien. Lo extraordinario comienza con que el tesoro que yo creía era sólo un mito oriental, realmente existe, aunque no es de la magnitud del relato. El hecho de que no se encontrara en el sitio indicado por Aman sino en otro cercano se explica quizás hipotetizando que alguno de los secuaces del Barón Ungern regresó con el fin de ponerlo a salvo en un sitio ignorado por el resto de los compañeros que lo habían guardado originalmente.

- El hecho de que hayamos podido encontrarlo se debió a dos hechos paranormales separados.- Agregó Jack.-Por un lado Amán nos condujo aquí guiado por sus visiones, pero además hizo falta la intervención de Selma y el péndulo para hallar el lugar definitivo.

-Es cierto, hemos hallado el tesoro por la concurrencia extremadamente improbable de dos hechos paranormales.- Dijo Deborah.

Bodniev, quien había permanecido en silencio hasta ese momento, se dirigió en un tono grave al guía.

-Dinos, Batbayar, pero esta vez cuéntanos toda la historia. ¿Quién eres tú y quién es realmente Tsegseg? ¿Es solamente la hija de un jefezuelo mongol entre tantos o es alguien más?

El usualmente modesto guía se puso de pie, luciendo el uniforme que había exhibido antes en la montaña. Su gesto era altivo. Después de todo lo ocurrido frente a la cueva y dentro de ella, ya sabía que no podría engañar más a sus compañeros de viaje, en particular al chamán siberiano, conocedor de todos los secretos del Asia Central.

-Tsegseg es efectivamente hija de un jefe actual de las tribus mongolas, pero al mismo tiempo descendiente en línea directa de Bogd Khan.

-El títere de Ungern von Sternberg.- Exclamó Jack.

-Esa es la visión europeo-céntrica del hecho.-Respondió orgullosamente Batbayar. Lo cierto es que el Khan usó al Barón Ungern y su genio militar para echar a los chinos, tener a raya a los bolcheviques rusos y reconstituir la monarquía mongola. Pero eso no es todo lo que la genealogía nos enseña.

-¿A qué te refieres?

-Bogd Khan era descendiente del mismo Gengis Khan. Por eso las tribus se le sometían.

Un silencio de estupor siguió a esta revelación.

- Volviendo a mi pregunta original.- Terció Bodniev.- Esto significa que la misma Tsegseg desciende del gran Gengis Khan.

-Esa es su descendencia por línea paterna. Pero aún más significativa es su ascendencia materna.

Todos quedaron expectantes de que el mongol prosiguiera su narración.

-La princesa Tsegseg es hija de la máxima sacerdotisa del Tengrismo.

-La religión chamánica y animista de Mongolia.- Explicó Bodniev. Es un rito que mezcla chamanismo tradicional con budismo.

-Ese es el Tengrismo amarillo.-Replicó Batbayar.- Pero la madre de Tsegseg pertenece a la rama del Tengrismo negro, la verdadera religión original del pueblo mongol.

Involuntariamente Bodniev dejó escapar una exhalación.

-¿Qué ocurre?- Le preguntó Jack.

-Se trata de un ritual ancestral, cuyo referente es precisamente Gengis Khan, quien para sus seguidores era una encarnación de los dioses. Este rito está emparentado con la magia.

-¿Qué implicancias tiene esa descendencia materna de Tsegseg?- Preguntó Dennis dirigiéndose a Batbayar.

-La princesa ha heredado todos los poderes de sus antecesoras, transmitidos por las *udgan*, es decir las sacerdotisas, a sus hijas mayores.

-¿Eso incluye poderes mágicos?- Inquirió Debbie.

-No sólo mágicos.- Aunque la pregunta no estaba destinada a él Bodniev se anticipó a contestar. También provocar involuntariamente a los asistentes ciertos trances hipnóticos e inducirles visiones.

-¿Quieres decir que lo que hemos presenciado, Tsegseg literalmente caminando por la ladera de la colina...su transfiguración en el altar cubierto de lingotes de oro...?- Deborah lucía desconcertada.

-No sabemos si ocurrió en realidad o sólo en nuestras percepciones.- Completó el ruso con su voz profunda. Luego volvió a dirigirse a Batbayar. ¿Pudiste hablar con Tsegseg luego del hallazgo?

-Brevemente.

-¿Qué te ha contado, por ejemplo sobre el oro?

- Es sólo una parte del tesoro original. No sabemos qué ocurrió con el resto.

-No has contestado parte de la pregunta original.-Observó Jack.- ¿Quién eres realmente tú?

- Ustedes dirían que soy el senescal de la corte del Reino de Mongolia.

-¿Donde se halla esa corte?

-Dispersa en el enorme territorio mongol. En todos lados y en ninguno.

-Imposible obtener precisiones en todo este asunto.- Dijo resignadamente Dennis.

-Es que pertenece a una esfera distinta a la que tú conoces como realidad concreta.-Repuso Bodniev. - Una esfera brumosa que se encuentra entre la vigilia y los sueños, pero no menos real.

-Bien, propongo que dejemos esta conversación por esta noche.- Dijo Jack.- Mañana temprano vamos a regresar a la caverna y haremos un inventario de lo que hay en ella.

Capítulo 17

Luego de un frugal desayuno montaron en las dos camionetas y emprendieron el corto viaje que ya habían realizado el día anterior. Batbayar conducía un vehículo que llevaba a Tsegseg, Martín y Jack, mientras que en el otro Dennis transportaba a Deborah, Selma y Bodniev. Los custodios mongoles quedaron para cuidar el campamento, pero en realidad Batbayar no deseaba que presenciaran los acontecimientos que sucederían.

Al llegar al sitio donde el día anterior habían excavado el pozo y de acuerdo con lo convenido previamente procedieron a taparlo y apisonarlo, con el objeto de que el tiempo volviera a cubrir todo rastro de su existencia, tal como había ocurrido antes. Los envoltorios que habían una vez contenido lingotes y que ellos habían desparramado alrededor, fueron levantados y llevados por los viajeros en su nuevo ascenso de la colina. Dennis fue el primero en llegar a la boca de la cueva y encendiendo su linterna encabezó la marcha por los pasillos que ya le resultaban conocidos. Finalmente llegaron a la zona iluminada cenitalmente y pudieron apreciar que a la luz matutina lucía diferente a lo que recordaban.

Jack y Dennis, escoltados por Batbayar, que esta vez había entrado en la caverna, hacían el recuento de los lingotes de oro encontrados, documentando todos sus hallazgos en una planilla Excel de la *notebook* que llevaba Dennis y a la vez registrándolos con una filmadora. Estaba claro que la verdadera función del que se había unido a la expedición como guía era la de auditor y garante de la integridad de los procedimientos en nombre de un gobierno mongol en las sombras, que se auto-adjudicaba el rol de sucesor de Bogd Khan. La verdadera heredera en un sentido genético, Tsegseg, contemplaba todo desde un rincón de la amplia sala con un aspecto de ensoñación. Debbie, Selma y Martín recorrían todos los rincones de la estancia y los innumerables pasillos laterales y recovecos que en épocas pretéritas la acción del agua habían tallado en la piedra arenisca que constituía en interior de la colina. Bodniev se había sentado en una gran piedra y se hallaba en una pose meditativa.

-¡Debbie, Martín! Vengan a ver esto.- La voz de Selma llegó cargada de eco de uno de los corredores que se abrían a la izquierda. El tono era imperativo.

Los aludidos se acercaron un tanto alarmados, seguidos del ruso. En el fondo del pasillo la joven se encontraba parada frente a otra roca plana sobre la que se llegaban a distinguir una serie de bultos cubiertos de polvo.

-Son como mochilas o bolsos.- Martín estaba contando el número de objetos.- Hay doce en total. A continuación estiró una mano para tomar el objeto más a la derecha.

-Espera.- Lo frenó súbitamente Debbie.- Lo llamaré a Dennis para que filme todo el acto a partir de la situación en que los encontramos.

Bodniev se acercó a Selma con una sonrisa en sus labios. Le habló en voz muy baja para que sólo la muchacha pudiera oírle.

-Tal como yo suponía, eres tú la que finalmente haces todos los hallazgos. Yo sé que aún no terminas de convencerte a ti misma pero ya no hay dudas de que tienes una sensibilidad muy desarrollada e infrecuente. Es un don que debes reconocer y cultivar pero necesitas en los primeros pasos la guía de un clarividente. Yo puedo ayudarte en esta tarea si lo quieres.

Una vez terminado el inventario del tesoro metálico la acción se trasladó al pasillo lateral. En total había efectivamente doce morrales de lona gruesa, que el tiempo y la sequedad habían transformado en quebradiza, pero que habían resultado eficaces para preservar su contenido. Jack fue el encargado de abrir uno por uno los talegos e ir disponiéndolos en la superficie de la roca que servía de mesa, mientras Debbie y Dennis procedían a filmar y documentar todo lo hallado. Se trataba de viejos documentos escritos en cirílico, chino y en el alfabeto mongol, con sus complicados caracteres de desarrollo vertical llenos de volutas y puntos. Muchos de los documentos estaban doblados y lacrados con sellos oficiales de procedencia desconocida. Solamente Jack manipulaba los incunables y lo hacía con guantes y usando gran precaución para evitar que el papel se redujera a polvo; además de la filmación realizada por su pariente Martín iba fotografiando cada uno de los documentos usando la cámara de su teléfono celular para tener una copia de seguridad de toda la documentación. Todos estaban concentrados en su tarea y reinaba el silencio en el recinto. Ateniéndose a su papel de testigo Batbayar contemplaba todo desde una distancia prudente sin interferir en las tareas.

Bodniev se había calzado unas gafas insospechadas que había extraído de su infinito morral y examinaba de cerca los folios sin tocarlos. Finalmente expresó.

-Algunos de ellos son documentos oficiales de origen mongol, procedentes del período en que se había restablecido la monarquía, es decir precisamente la época de Bogd Khan y del Barón Ungern. Otros son papeles chinos de los que no puedo dar precisiones y finalmente hay documentos rusos de la época zarista que me gustaría poder analizar con detalle más tarde. Creo que todo esto procede de los primeros veinte años del siglo XX.

-Se trata de la documentación oficial del reino de Mongolia que Bogd Khan intentó poner a salvo ante el avance de los comunistas que pusieron fin al reino y mantuvieron cautivo al Khan.- Argumentó Batbayar con sorprendente conocimiento.- Estos documentos son parte esencial del tesoro que estamos buscando y pertenecen a nuestro patrimonio histórico.

Tsegseg salió de su estado ausente y se acercó a observar los hallazgos con evidente interés. Leía los documentos en mongol en voz baja y hacía algunos comentarios en ese idioma con su custodio Batbayar. Finalmente dijo

-En nombre del Reino de Mongolia y como su legítima representante reclamo la posesión de este tesoro para mi pueblo.

La expresión no tuvo respuesta inmediata. Dennis se acercó a Jack y le preguntó.

- ¿Sabes si Bluthund tiene alguna posición tomada sobre este aspecto?

- A priori te diría que la posición general es otorgar la posesión a los legítimos propietarios. Pero vamos a confirmarlo esta noche por radio con mis contactos en Nueva York. En definitiva ellos son los que han patrocinado y financiado esta expedición y es justo que decidan sobre el destino de los hallazgos.

Una vez más Selma dio una voz de alarma concitando la atención de todos. Había trepado sobre unas salientes rocosas hasta llegar a un agujero en la pared que resultó ser una especie de nicho.

-Aquí hay algo más.- Expresó dirigiéndose a Jack.- Quizás quieras extraerlo tú.

Cuando el hombre colocó el contenido sobre la roca y desató el envoltorio de lona todos pudieron visualizar tres libros encuadernados en cuero rojo muy deteriorado. Dennis se acercó a filmarlo mientras Jack daba vuelta las hojas una a una para permitir el registro. Se trataba de cuadernos manuscritos con tinta, con una caligrafía cuidada evidenciando ser obra de una misma mano. Finalmente Dennis dijo en voz baja.

-Son los diarios del Barón Ungern von Sternberg.

Jack emergió de la tienda donde había estado hablando por radio con sus contactos en Nueva York. Horas antes había comunicado el hallazgo detallando el contenido. La habían dicho que lo llamarían más tarde para darle instrucciones luego de discutir el tema en un plenario de referentes de la comunidad. Finalmente llegó la llamada y el hombre reunió a su grupo próximo, formado por Debbie, Selma, Dennis, Martín y en este caso añadió a Bodniev.

-Las instrucciones son claras y están de acuerdo con loa antecedentes que conozco.- Hizo una pausa y prosiguió.

-Han constatado la identidad de Tsegseg. La muchacha es quién dice ser y también Batbayar. Hemos de entregarles el tesoro metálico y los documentos oficiales del período de gobierno de Bogd Khan, pero los diarios del Barón Ungern los conservaremos con nosotros y los llevaremos a Nueva York. Los miembros de Bluthund que tienen el contacto con el padre de Tsegseg arreglarán con él una compensación que los mongoles deberán efectuar para cubrir los gastos de la expedición. Mis contactos parecen estar mucho más interesados en esos diarios que en el resto. De todas maneras no eran parte del tesoro mongol sino que Ungern lo añadió al mismo para ser puesto a salvo antes de ser fusilado por los bolcheviques. No son parte del patrimonio mongol. Ahora vamos a conversar con Tsegseg y Batbayar.

- Me siento aliviado de que podamos dar satisfacción a sus pedidos.- Dijo Dennis refiriéndose a los últimos.

-¿Qué quieres decir?

-No sé cuál sería su reacción si quisiéramos disputarles su tesoro. No olviden que tienen tres hombres armados bajo la dirección de Batbayar.

Capítulo 18

La discusión con Tsegseg y Batbayar sobre la división de los elementos hallados en la cueva fue breve y cordial. En realidad los mongoles se quedaban con todos los componentes metálicos y documentales cuyo origen era inequívocamente mongol. El Barón Ungern von Sternberg había jugado un rol importante en la vida del país pero sólo durante un período efímero; además en definitiva y a pesar de su excéntrica pasión por el lamaísmo y budismo, era un europeo y sus diarios no tendrían mucho valor para los actuales descendientes del Bogd Khan.

Las negociaciones estuvieron a cargo de Jack y Dennis por el lado de los miembros de Bluthund y por Batbayar con la presencia silenciosa de Tsegseg por los mongoles.

-Ahora debemos preparar el regreso a Ulan Bator.- Expresó Dennis.- Esto implica recorrer el Desierto de Gobi en sentido inverso hasta llegar a la estación del ferrocarril trans-mongoliano. Nosotros vamos a llevarnos los cuadernos del Barón Ungern, pero les pregunto qué piensan hacer ustedes con los lingotes de oro y los documentos. Estos últimos son muy frágiles y no toleran un viaje azaroso por el desierto.

-La princesa Tsegseg, mis hombres y yo vamos a permanecer en este sitio, con la excepción de un guía que los llevará por el desierto- Contestó Batbayar.- Se trata de un hombre que habla un poco de ruso y con quien Bodniev se puede entender perfectamente.

-No podemos abandonarlos en este páramo.-Contestó Dennis.- ¿Podemos comunicarnos por radio con alguien para que vengan a buscarlos? En ese caso esperaríamos su llegada.

-La Princesa ya se ha comunicado con su madre y la ayuda ya está en camino.- Fue la inesperada respuesta.

Jack y Dennis se miraron perplejos pero ya estaban curtidos de las sorpresas dadas por las aptitudes de la joven mongola. Completaron entonces las negociaciones conviniendo la subdivisión de los elementos de la expedición y se dirigieron con su ligero botín literario hacia el campamento. Allí informaron a sus compañeros sobre lo decidido.

-¿Qué significa que Tsegseg se comunicó con su madre?- Inquirió incrédula Deborah:-¿Por telepatía?

-Los chamanes del Asia Central practican asiduamente la telepatía o comunicación extrasensorial, así como los viajes por el espacio y el tiempo en sus sueños.-Explicó Bodniev.

-Hasta un positivista como Freud llegó a admitir a la telepatía como algo posible.- Agregó Debbie.- Aparentemente se encontró con experiencias de ese tipo en sus estudios.

-Es un fenómeno más probable entre los clarividentes y entre personas que están relacionadas en forma cercana, tales como Tsegseg y su madre.- Explicó el ruso.-Yo no he tenido experiencias personales de ese tipo pero sí conozco casos indudables de comunicación extrasensorial entre miembros de tribus siberianas.

Los preparativos para la partida llevaron todo el resto del día. Cumplida su parte de las tareas Martín dijo que iba a despedirse de Tsegseg, ya que la mujer no tenía previsto salir de la caverna. Fue caminando desde el campamento hasta la colina donde ella se hallaba y subió la escarpada ladera. Al llegar al vasto recinto donde habían hallado el tesoro visualizó a la mujer y su custodio sentados sobre la roca. Discretamente Batbayar se retiró hacia la entrada de la cueva para brindar intimidad a los dos jóvenes.

La prolongada reunión fue totalmente silenciosa. Martín se sentó a los pies de la muchacha y tomó su mano derecha entre las suyas. Tsegseg estaba mirando hieráticamente hacia adelante como una Diosa egipcia. El joven sintió como su mente era explorada por un poder externo, pero el contacto era etéreo, sin violencia y agradable. Martín se percató de que diversos pensamientos estaban siendo grabados en su psiquis y se prestó pasivamente a la experiencia, sin intentar desafiarlos ni contestarlos. Finalmente se alzó y besó la frente de la muchacha; recién entonces cayó en cuenta de que Tsegseg estaba rodeada de un extraño brillo áureo, del que no sabía si era real o simplemente una experiencia sensorial. Caminó hacia la salida de la sala sin darse vuelta, mientras una sonrisa iluminaba su rostro. Se cruzó con Batbayar a la salida de la caverna y comenzó el descenso de la ladera. Mientras tanto los contenidos recibidos en la muda reunión con Tsegseg desfilaban por su mente. La muchacha volvería a su mundo para cumplir su destino. Allí daría a luz al hijo de ambos y lo educaría para hacerse cargo de los destinos del pueblo mongol. Los tesoros hallados se aplicarían al servicio de esa causa. El último pensamiento transmitido por la joven era el más lisonjero. Tsegseg lo llamaría a él, Martín, para unirse a ella cuando las circunstancias fueran propicias.

La mañana siguiente la expedición emprendió el regreso a su punto de partida. Les esperaba un viaje de entre dos y tres días por el arenal. Al anochecer del primer día se cruzaron con una larga fila de jinetes mongoles que viajaban en dirección opuesta. El custodio que los acompañaba, un hombre muy silencioso, expresó algo en voz alta que Bodniev tradujo.

-Esos son los guerreros que van a buscar a su Señora Tsegseg y al tesoro de su pueblo.

A la noche de la segunda jornada llegaron finalmente a la estación de Chojr, desde donde habían partido veintidós días antes. El sitio estaba completamente a oscuras y debían esperar quince horas para el paso del siguiente tren para regresar a Ulan Bator y allí retornar a

Moscú primeramente y luego a Nueva York mediante sendos vuelos de Aeroflot.

En la mañana siguiente Bodniev se despidió en la misma forma austera y misteriosa en que antes había aparecido en la estación.

-¿Cómo harás para regresar a tu casa?- Preguntó Dennis.- ¿Cómo viajarás desde esta estación remota de Mongolia?

-De la misma forma en que llegué.- Fue la lacónica y enigmática respuesta.

Mientras lo miraban irse Debbie manifestó.

-Me duele verlo irse así, luego de todo lo que hemos compartido, peligros y éxitos. Es improbable que lo volvamos a ver. Ni siquiera sabemos dónde vive, en qué pueblo está su casa.

-¿Qué será lo que lo llevó a colaborar con nosotros?- Reflexionó Dennis.- ¿Bluthund lo recompensará de alguna manera?

-No lo sé.- Confesó francamente Jack- La comunidad a la que damos ese nombre recluta a sus adeptos de formas muy variadas y extrañas.

DECIDIERON PASAR UN día en Moscú antes de emprender el viaje de retorno a Nueva York, con el objeto de descansar y relajar un poco la tensión nerviosa y muscular que habían experimentado por el plazo de casi un mes. Mientras Deborah, Selma, Dennis y Martín realizaban una serie de visitas turísticas obligadas en la capital rusa, Jack permaneció en el hotel intentando tomar contacto con sus contactos en Bluthund.

Cuando a aproximadamente a las 19:00 horas los viajeros retornaron encontraron a su compañero tomando una copa en soledad en el bar adjunto al hotel. Su rostro denotaba buen humor.

-¿Podemos sentarnos contigo?- Preguntó Debbie.

-Por supuesto, pero no aquí en la barra. Vengan, allí hay una mesa vacía.

Durante media hora los recién llegados estuvieron compartiendo impresiones y recuerdos de los sitios visitado y exhibiendo fotos.

-Y bien ¿Qué dices tú?- Preguntó Debbie.- Se te nota contento.

-En primer lugar pude descansar, cosa que necesitaba más de lo que imaginaba.

-¿Y es eso todo lo que tienes para contar?

-No.- Jack hizo un silencio para estimular la curiosidad de los demás.

-Bien, habla de una vez.- Urgió Dennis.

-Tuve una larga charla con mi contacto, en la cual describí el material de los diarios del Barón Ungern. No pude dar muchas precisiones pues aunque algunas partes estás escritas en alemán- que como ustedes saben yo entiendo- la mayor parte está en ruso, sobre todo la última.

-¿Entonces?

-Me vi forzado a escanear varias secciones al azar y enviar la información. Una hora más tarde me volvieron a llamar. Parece que el material les interesó mucho. Me parece que están aún más interesados que lo que estaban en el tesoro de Bogd Khan, que fue lo que nos llevó a Asia Central.

-¿Cómo es eso posible?- El que llevaba la voz cantante en las preguntas era Dennis.

-No lo puedo saber con certeza, pero es evidente que los diarios de Ungern han tocado una fibra muy sensible de nuestros amigos, más que un simple tesoro en metales preciosos. Nos enteraremos al llegar. Han previsto una reunión para pasado mañana, pero sólo conmigo ya que en ella entregaré los diarios de Ungern, las fotos y filmaciones obtenidas y mis notas. Una vez que ellas hayan sido analizadas se hará una reunión plenaria con todos los miembros de la expedición.

Capítulo 19

La mayoría de ellos era la primera vez que se hallaban en el espacioso recinto, sala de reuniones en la casa matriz de un importante banco de inversiones internacional, cuyo CEO era una de las figuras destacadas de Bluthund. Sólo Jack conocía ya el sitio de reuniones al que había concurrido como simple asistente y no como figura central como en esa oportunidad. Deborah, Selma, Dennis y Martín habían delegado en él la responsabilidad de ser el miembro informante de la expedición. Mientras Debbie y Dennis, asiduos participantes en reuniones ejecutivas en otros medios, estaban aplomados y seguros de sí mismos los dos jóvenes lucían algo cohibidos. Selma estaba habituada a hallarse en medios lujosos por las relaciones familiares, pero el ambiente austero y solemne de la sala con paredes recubiertas de *boiserie*, con cuadros de personajes augustos, sin duda fundadores de la empresa en épocas lejanas, así como de otros cuadros paisajísticos de indudable valor pictórico le producían un hondo impacto psicológico, lo que sin duda era la función por la que se hallaban en el sitio. En cuanto a Martín, toda la experiencia le resultaba extraña y ajena.

En torno a la vasta mesa se hallaban sentados una veintena de personajes de aspecto grave y silencioso, entre los cuales había personas de ambos sexos y pertenecientes a todos los grupos étnicos de la Tierra. Todos ellos estaban cuidadosamente ataviados, la mayoría de los hombres con trajes de los principales sastres del planeta mientras que las mujeres daban la nota de color y variedad con atuendos típicos de sus países de origen. No cabía duda de que la Comunidad Bluthund estaba orgullosa de su diversidad y poder y los lucía con esplendor pero sin vanidad ni arrogancia.

Al sentarse en la silla que una especie de maestro de ceremonias le indicó Martín tuvo una infrecuente sensación de desubicación debido a su modesta indumentaria, que incluía jeans y zapatillas y una chaqueta prestada por su pariente, que le quedaba bastante grande. Se comparó no con el resto de los asistentes sino con sus compañeros de aventura, todos los que se hallaban a la altura de las circunstancias, y en el caso de las dos mujeres, deslumbrantes. En particular observó a Selma y debió reprimir un gesto de admiración; la muchacha era sin disputa la mujer más bella de la sala y el joven la vio con nuevos ojos, percatándose de que se trataba de una estrella rutilante en el exigente escenario neoyorquino. Martín no pudo ocultar su orgullo de ser amigo de la joven mujer.

Deborah miró a su hermana con una serena actitud de complacencia, ya que también ella percibió que Selma era un foco de atracción visual en la gran sala poblada de gente importante de todo el mundo, miró a Dennis que parecía un tanto incómodo con la corbata y ambos intercambiaron mensajes no verbales; el hombre dirigió una mirada a Selma y abrió los ojos en signo de admiración.

La muchacha estaba pasando por un momento ambiguo, mezclando satisfacción por el impacto que sabía que estaba causando con un poco de turbación que el ambiente le producía. En el fondo sabía que le importaban los juicios de todas aquellas personalidades pero que sobre todo la admiración de aquel joven que se hallaba sentado enfrente a ella tratando de disimular sus jeans y zapatillas. Selma no se engañaba a sí misma sobre sus propios sentimientos y sabía que en el fondo se había vestido para impactar al muchacho y borrar la imagen de Tsegseg de su impresionable mente.

Uno de los personajes de más edad, sentado en la cabecera de la mesa golpeó suavemente con una cucharita la copa de agua que se hallaba delante de él mientras se ponía de pie. El maestro de ceremonias, un hombre llamado Watkins, exclamó en voz alta.

-Nuestro Maestre el Doctor Richardson va a hacer uso de la palabra.

El hombre llamado Richardson comenzó a hablar en un excelente inglés, en tono persuasivo y con gran coherencia expositiva a la vez que con gran sencillez. Realizó un resumen de los objetivos de la expedición, los aspectos organizativos, los recursos empleados, e hizo una presentación de los integrantes incluyendo a los presentes y a Bodniev, a quien mencionó como un experto en artes curativas tradicionales siberianas. También mencionó a los que llamó representantes del "gobierno alternativo "de Mongolia.

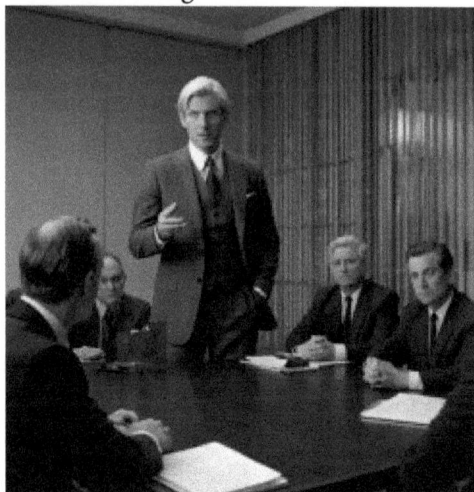

A CONTINUACIÓN EL MAESTRE cedió la palabra a Jack Berglund, a quién describió como "uno de los más destacados organizadores de investigaciones confidenciales de nuestra Comunidad."

Jack hizo una detallada narración del transcurso de la expedición, dando coloridas descripciones de los sitios visitados, las tormentas de viento del desierto, el ataque de los bandidos mongoles y el hallazgo del sitio buscado gracias a las visiones de Bodniev. Luego relató la determinación de la ubicación de la caverna merced a las "dotes especiales" de nuestra compañera, señalando a Selma que se ruborizó al sentir todas las miradas puestas en ella esta vez no por su aspecto sino sus logros.

Jack se acercó a una pantalla colocada a un costado de la mesa y visible para todos mientras Dennis se situaba al lado de un equipo de proyección y a una señal lo ponía en funcionamiento. Entre ambos hombres mostraron todo el material fílmico y fotográfico rodado en la expedición, que había sido editado por especialistas de Bluthund para darle continuidad y unidad. Obviamente los expositores habían combinado previamente que parte del material sería explicado por cada uno, centrándose Dennis en los temas técnicos y Jack en los de significado de los hallazgos. Como era de esperarse, los filmes que exhibían los lingotes de oro concitaron la máxima atención. Cuando mostraban los sellos cincelados en los lingotes el Dr. Richardson pidió que se detuvieran y se acercó a la pantalla con el objeto de examinar mejor las imágenes. Al final proyectaron una serie de fotos de los diarios del Barón Ungern.

Al finalizar contestaron una larga serie de preguntas que los asistentes formularon, y cuando se hizo evidente que las mismas estaba agotadas se sentaron; como signo de aprobación Deborah colocó una mano sobre la de su novio.

Nuevamente se puso de pie Richardson y agradeció a los expositores por su claridad didáctica y a todos los miembros de la expedición por sus esfuerzos y dedicación. Luego explicó la distribución del tesoro entre los representantes del gobierno mongol en el exilio y la Comunidad. Terminó su exposición diciendo.

-Pero son estos cuadernos en los cuales narró todas sus experiencias el Barón Ungern von Sternberg- uno de los más extraordinarios personajes que recorrió Siberia y el Asia Central y que cambió con su coraje y capacidad organizativa militar el curso de la historia de enormes zonas geográficas de la región.- los que resultan dignos de nuestra máxima atención. Le hemos pedido el análisis de este material, que está escrito en alemán y en ruso a uno de los máximos exponentes en el tema de conocimientos exo y esotéricos asiáticos y en ocultismo occidental, el Dr. Dieter von Eichemberg. Invito al Dr. Eichemberg a exponer sus conclusiones ante nosotros.

Un personaje imponente se puso de pie y se acercó al maestre; Richardson estrechó su mano y se sentó en su puesto de la cabecera de la mesa.

Eichemberg era un hombre de unos cuarenta y cinco años, muy alto y delgado, con cabello y barba rubios que contrastaban con sus facciones con rasgos euroasiáticos. Hablaba un inglés académico con un ligero acento germánico. Luego de agradecer a los asistentes entró directamente en tema.

- El Barón Román Ungern von Sternberg fue un personaje extraordinario desde varios puntos de vista, no todos loables. Noble ruso de ascendencia alemana nacido en los países del Báltico fue comandante de tropas cosacas en el Ejército Imperial Ruso. Luego de la Revolución Rusa fue unos de los jefes del Movimiento Blanco en la guerra civil que siguió a la toma del poder por los bolcheviques y se transformó en un señor de la guerra en Asia Central, en dictador de Mongolia en 1921 y ejerció su poder hasta que fue capturado y ejecutado por los soviéticos. Pero no es por sus dotes militares que nos interesa en este momento, sino por su complejas y contradictorias creencias políticas, religiosas y...filosóficas, si las podemos llamar así.

Eichenberg hizo un alto y observó a su audiencia comprobando que había capturado su interés. Prosiguió.

- En materia política siguió los lineamientos de sus mentores zaristas, propendiendo a las restauraciones monárquicas e imperiales tanto en Rusia como en Mongolia. Fue ferozmente antisemita y suscribía el panfleto llamado "Los Protocolos de los Sabios de Sión" pergeñado por la policía zarista para justificar los *progroms* y en general la persecución contra los judíos, que sirvieron de antecedente a las infames políticas raciales nazis.- Allí se detuvo para enfatizar sus palabras.-Pasaremos ahora a los temas religiosos.

Hizo una nueva pausa para ordenar sus ideas.

-Aunque criado como luterano desde muy joven exhibió interés por las religiones orientales y el misticismo, en particular por las variantes más esotéricas del lamaísmo y el budismo. Quiso hacerse pasar por una reencarnación del Gengis Khan aunque no sabemos si estaba realmente convencido de este disparate o si lo usaba para conseguir que las masas mongolas lo siguieran. Para el XIII Dalai Lama de Tíbet en realidad Ungern era por sus tendencias la encarnación de un dios destructor, mientras él mismo se consideraba un *Mahakala*, o sea una divinidad protectora del budismo *Vajrayana* tibetano, y es precisamente esta conexión con Tíbet y no con Mongolia la que ahora nos interesa.

-¿De modo que estaba conectado con el Tantrismo, el Budismo tibetano?- Pregunto al expositor una elegante dama.

-Así es, señora. Es por esa razón que esto me toca de cerca...por razones familiares.- Contestó enigmáticamente Eichenberg. Bebió un sorbo de agua y prosiguió,

-Para interpretar a una figura contradictoria como Ungern tenemos que entender cómo lo veían sus subordinados; en efecto para ellos su jefe no sólo era un genio militar sino una suerte de guerrero místico. Algo así como un cruzado de quienes decía descender. Eso explica su falta de reparos en derramar sangre, ya que creía hacerlo por razones trascendentes.

Bebió un trago de agua.

-Bien.- Continuó- Estábamos hablando de la relación con el budismo tibetano. Ungern llegó a ofrecer sus servicios al Dalai Lama por escrito, lo que no llegó a poner en práctica pues fue fusilado antes. Pero sus contemporáneos lo describen siempre rodeado de lamas y adivinos tibetanos sin los que no tomaba ninguna decisión militar. En efecto ellos eran los que le decían cuando avanzar y cuando retirarse. Aparentemente fueron también quienes le recomendaron reingresar en territorio siberiano, lo que condujo a su captura y fusilamiento.

Nueva pausa y agregó.

-Muy bien, todo esta explicación tuvo por objeto darles una semblanza de nuestro personaje y sus numerosas y contradictorias facetas. Pasaremos a continuación a narrar el contenido de su diario, es decir de las tres libretas donde escribía sus memorias y sus vivencias diarias.

Tíbet

Capítulo 20

-Antes de mostrarles algunos de los párrafos salientes del diario del Barón Ungern voy a hacer una introducción del tema al que se refiere recurrentemente. Pero permítanme antes hacerles una pregunta. ¿Qué asocian ustedes con los nombres de Agartha o Shambala?

La consulta generó un momento de desconcierto entre los asistentes, hasta que el Dr.Richardson expresó.

-Leyendas confusas de origen oriental traídas a Occidente en los comienzos del siglo XX por ocultistas de diversa índole...en general referidas a ciudades subterráneas pobladas por seres puros y sabios de elevado nivel moral y tecnológico. Algo lindante con la utopía y a la superchería.

-Si no me equivoco ciertos esoteristas nazis trabajaron con esas tradiciones antes del comienzo de la Segunda Guerra Mundial.- Agregó una dama de aspecto distinguido.

Von Eichenberg asintió y dijo.

-Todo eso es cierto. Las referencias a sistemas de túneles gigantescos conectando ciudades subterráneas con millones de habitantes que gozarían de altos niveles de sabiduría son comunes en los círculos de ciertas ramas del budismo tibetano, pero se extienden a Mongolia, Nepal, Tíbet, el norte de la India y aún de China. Los habitantes de esas ciudades serían prácticamente inmortales y vivirían en reinos intermedios difusos que se hallarían entre nuestro mundo y otra época.

Habría puertas de acceso a esos túneles que serían a la vez portales de realidades alternativas. Realmente todo muy confuso y totalmente opuesto al pensamiento positivista occidental.

- Y también sugerente y retador.- Dijo la dama.

-Pero aunque los nazis no descartaban todas esas quimeras orientales, eran otros los temas que les interesaban. La hipótesis de la Tierra hueca, por loca que nos parezca hoy, formaba parte de las visiones de los ocultistas oficiales de Tercer Reich, que tenían entre sus discípulos a Himmler y al mismo Hitler. Pero más que sedes de civilizaciones avanzadas creían que los túneles habían sido la cuna de la raza aria; que en ellos se había desarrollado al conjuro del *vril* o fuerza vital y que desde aquí había surgido con energía imparable a conquistar el mundo y someter a las razas inferiores.

Nueva pausa de Eichenberg en su alocución.

-En 1938 un científico llamado Ernst Schäffer encabezó una expedición multidisciplinaria en Tíbet para hacer mediciones antropométricas de los habitantes actuales y determinar si entre ellos, en particular entre las clases dirigentes, existían rastros de esos ancestros lejanos de los arios. Otro de sus objetivos era retomar contacto con el *vril* para que insuflara nueva energía en los actuales europeos.

Y en voz casi inaudible agregó para sí mismo.

-Tengo constancia personal de esas actividades.

La enigmática frase no fue escuchada por los asistentes. von Eichenberg tomó resuello y finalmente dijo.

-Este es el contexto histórico del tema de las ciudades como Agartha o su sucedáneo oriental Shambala. Vamos a ver ahora cómo se relacionan con ese tema los diarios del Barón Ungern.

Dicho esto se acercó a la pantalla sobre la que Jack Berglund antes había exhibido su material fílmico. Dennis comenzó con la proyección de una presentación en Power Point realizada en forma muy profesional.

-Lo que haré es exhibir fotos de algunas páginas de los cuadernos del Barón, en general escritas en alemán o ruso, y luego las traducciones de las mismas en inglés.

La primera de las páginas estaba escrita en alemán, con una caligrafía gótica muy prolija y pareja, lo que a la vez daba pistas de los rasgos obsesivos de Ungern. A continuación Dennis exhibió la traducción al inglés escrita en Word. Las partes relevantes del texto se encontraban resaltadas en amarillo.

-Esto fue escrito en 1919. -Dijo Eichenberg. -Lean por favor esta frase.

"Hoy vinieron dos lamas tibetanos, enviados por el Dalai Lama a sondear mi actitud hacia ellos. Me hablaron de un colega muy anciano y sabio que ha estado en el interior de los túneles que una vez condujeron a Shambala, y que luego fueron tapados total o parcialmente por derrumbes ocasionados en sismos ocurridos en las montañas."

-Esta es la primera referencia que hace Ungern a contactos concretos con personas que estuvieron en el mundo subterráneo. Desde varios años antes había mostrado su interés en el tema, pero con frases sueltas. Por favor, Dennis, la siguiente diapositiva.

"Hoy he escrito al Dalai Lama ofreciendo mi espada y mis jinetes a su servicio. Envié la carta por medio de un lama errante. Espero su respuesta."

-La siguiente por favor.

"Dos agentes japoneses enviados sin duda por el Imperio vinieron a ofrecer contingentes de soldados de infantería para nuestra resistencia contra rusos y chinos. Creen que podrán manipularme a su gusto, pero en realidad yo voy a usarlos para nuestra causa. No voy a permitir que los hombrecitos amarillos tomen contacto con el *vril* ni con la cuna de nuestra raza."

-Como verán, una referencia al *vril* en medio de comentarios racistas. Siguiente dispositiva por favor.

Las referencias escogidas al tema de los mundos subterráneos eran numerosas pero no conclusivas y el erudito iba urdiendo con ellas todo un tejido que demostraba claramente que el Barón estaba pendiente de toda información que llegara desde el lejano Tíbet sobre los mismos temas que los nazis recogerían dieciocho años más tarde.

-Podría seguir exhibiendo citas del diario toda la mañana, las que demostrarían que Ungern, por así decirlo, se iba aproximando gradualmente a las puertas de Agartha.-Dijo Eichenberg.- Pero no quiero aburrirlos con citas reiterativas, de modo que vamos a pasar a los párrafos más concretos y decisivos.

El erudito se aproximó al sitio donde Dennis estaba proyectando el material y seleccionó un grupo de diapositivas situadas al final de la presentación.

- Pasa ésta por favor, está fechada a comienzos de 1921.-Solicitó a Dennis.

"Hoy he sido visitado por un viajero llamado Vitaly Kuznetsov, a quien estaba esperando con ansiedad. Tal como me habían anticipado, este hombre ha estado en uno de los portales de Shambala o Agartha y explorado cientos de metros de galerías muy antiguas y talladas en toda su longitud, con numerosas obras de ingeniería para darle estabilidad a la construcción. Cientos de ramales laterales se abrían a los costados y el aire circulaba fluidamente por aberturas situadas en el techo de esas cavernas. Este viajero fue llevado allí por un monje discípulo del Panchen Lama, que es uno de los máximos conocedores de los misterios de Agartha, y de quien sospecho que o bien está en contacto telepático con los habitantes del mundo subterráneo, o directamente es uno de ellos. El portal se halla junto al río Sita, ahora llamado Tarim, que fluye hacia el este desde el norte de Tíbet a través de Sinkiang. Hemos combinado con Kuznetsov que a su regreso de Rusia iremos los dos a ese sitio. Las coordenadas precisas de este sitio son las siguientes." A continuación seguía la ubicación geográfica precisa del portal, pero había sido tachada tanto en la foto del diario de Ungern como en la traducción en inglés, de modo que quedaba ilegible.

Un murmullo recorrió la sala de reuniones. El Dr. Richardson se agitó en su silla y dijo.

-Es la primera vez que sabemos de la existencia de una referencia concreta a la ubicación de uno de los accesos al mundo subterráneo. ¿Tienes más material Dieter?

-Sí, la próxima diapositiva, por favor.

"A través de un jinete mongol me acabo de enterar que los bolcheviques han apresado a Kuznetsov y lo ha enviado a un campo de concentración en Siberia. No sé si está vivo o muerto. El viaje al río Sita lo tendré que hacer por mi cuenta."

-La última diapositiva, por favor.- Pidió Eichenberg a Dennis.

"El Reino de Bogd Khan se derrumba. Saldré mañana con mis hombres a la frontera rusa para tratar de contenerlos. Los adivinos predicen que seremos derrotados. Hemos acordado con el Khan que el tesoro real debe ser puesto a salvo, así como la documentación oficial del reino, para preservarlos de la rapiña comunista y tenerlos disponibles para una futura restauración de la monarquía. He seleccionado a mis oficiales más leales y los soldados más jóvenes para salvarlos de las garras de los bolcheviques. Tendrán la misión de viajar todo a través del Desierto de Gobi hasta el norte de Tíbet, y resguardar el tesoro en el interior de los túneles de Agartha de cuyo portal conocemos la ubicación. Los dioses bendigan a esa expedición tan importante para el futuro de Mongolia y nuestra causa de restauración de la monarquía en estas tierras y en la madre patria Rusia."

-Esta es la última entrada al diario de Ungern. Como sabemos fue capturado por los bolcheviques y fusilado, de modo que este mensaje es su legado.-Expresó Eichenberg.

A continuación se sentó y fue sucedido en el uso de la palabra nuevamente por Jack.

-Podemos reconstruir sólo parcialmente lo que ocurrió a continuación. Los emisarios que portaban el tesoro y la documentación partieron con rumbo a su destino en el río Sita, pero por alguna razón no llegaron a destino. Por esa causa debieron enterrar el tesoro en el sitio del Desierto de Gobi al que nos guió el clarividente ruso Bodniev. Posteriormente alguien, conocedor de la ubicación del mismo lo sacó de su socavón en el desierto y lo llevó a la caverna en que lo encontramos.

-¿No será posible que esa caverna forme parte del mundo subterráneo de Agartha?- Preguntó la dama que había formulado algunos comentarios previamente.

El Dr. Richardson se levantó eufórico de su silla y se acercó a la mujer en cuya mano estampó un beso.

-Les presento a Madame Swarowska. Nadia es una antigua amiga, es una novelista de imaginación fértil y sospecho que es también una vidente, aunque ella siempre lo negó.- Dirigiéndose a Jack y Dennis agregó.

-Madame ha formulado una desafiante pregunta. ¿Pueden dar alguna respuesta?

Jack y Dennis se mostraron un tanto desconcertados; finalmente Deborah, quien no había hablado hasta ese momento dijo.

-Dado que no teníamos toda la información que ustedes acaban de ver no nos habíamos hecho esa pregunta. Hay que reconocer que es pertinente pues nadie sabe cuál es la extensión del presunto reino subterráneo de modo que no podemos excluirlo *apriori*.

- En cuyo caso. Prosiguió Debbie.- los portadores del tesoro habrían tenido efectivamente éxito en colocarlo a salvo en el interior de Agartha, aunque a decir verdad ellos mismos no lo sabían pues también eran desconocedores de todo lo que sabemos hoy.

Alentada por la buena recepción del discurso de su hermana, Selma venció su cohibición y dijo.

-Hasta sería posible que alguien, conocedor de los secretos y extensión del sistema que hoy llamamos Agartha, lo haya sacado de su enterramiento original y lo haya puesto a salvo donde lo encontramos, cumpliendo entonces en forma diferida el mandato del Barón Ungern.

-¡Excelente acotación!- Exclamó obviamente entusiasmado Richardson, al ver la tormenta de ideas que se estaba generando en la reunión, que marcaba el éxito de su gestión al haberla convocado, lo que sin duda tendría repercusiones al interior de la Comunidad Bluthund. Prosiguió.- ¿Algún otro comentario o pregunta?

Un anciano japonés que había permanecido en silencio, levantó una mano.

-Sí, Suzuki San.- Richardson -que había tomado su cargo el rol de maestro de ceremonias- otorgó la palabra.

-Creo que por hoy es más de lo que podemos digerir de un tema que a la mayoría de nosotros nos resulta totalmente novedoso, aún para mí, que soy conocedor de muchas tradiciones asiáticas.-El anciano hablaba con mucho aplomo y los demás lo escuchaban atentamente, lo que evidenciaba su peso en la comunidad. Prosiguió.

-Propongo que aprobemos todo lo actuado y que formemos ya mismo una comisión en nuestro seno para analizar el tema en profundidad y formular una recomendación sobre los pasos a dar por parte de nuestra Comunidad. La comisión debería expedirse en breve, por ejemplo en un plazo de quince días.

Richardson batió sus palmas excitado.

-Apoyo la moción de Suzuki San. ¿Alguien más?

Madame Swarowska levantó la mano en señal de apoyo.

-Bien, tenemos una moción fundamentada y debidamente apoyada. Pasaremos a realizar la votación de la forma acostumbrada.- Dijo Richardson, haciendo una seña al maestro de ceremonias. El hombre procedió a circular con una bandeja que contenía balotas blancas y negras y un recipiente hermético; cada uno de los miembros de Bluthund con derecho a voto recogió una de las balotas y depositarla en la urna. Richardson fue el último. Luego él y el maestro se aproximaron a una mesa pequeña y procedieron al recuento de los votos. Finalmente el maestro de ceremonias se desplazó hasta el centro de la sala, tosió para aclarar su voz y llamar la atención de los asistentes.

-La moción del Honorable Suzuki San ha sido aprobada por unanimidad.

Capítulo 21

Cuando era evidente que se había terminado el material a exhibir, y la concurrencia mostraba ya un cierto grado de cansancio, el Dr. Richardson se levantó de su silla y se colocó en medio de la sala; el Maestre lucía exultante.

-Mis queridos amigos, creo que hemos asistido a la exhibición de una cantidad importante de material inédito, que trata de un período nebuloso de la historia del Asia Central y que pone al descubierto algunos arcanos de la cultura oriental, que siempre ha tenido fervientes estudiosos en Occidente, tanto exo como esotéricos. De acuerdo con la moción de Suzuki San aprobada por todos, lo actuado por los miembros de la expedición ha quedado aprobado por la Comunidad Bluthund, en nombre de la cual tenemos el derecho de hablar. Sólo resta agradecer a los mencionados participantes su aceptación de los riesgos y las fatigas a que estuvieron expuestos, y los que no eran ya miembros de pleno derecho de nuestra organización son recibidos en su seno con honras. Es el caso de las señoritas Deborah y Selma Liberman y del joven Martín Colombo.

A continuación el maestro de ceremonias dio por cerrada la reunión e invitó a los asistentes a un *coctel* que se ofrecía en el piso de abajo del edificio.

Deborah y Selma tomaron un taxi para regresar a su casa, ya que la segunda había decidido pasar la noche en casa de su hermana e ir a la de sus padres al día siguiente. Las dos estaban entusiasmadas y permanecieron un rato en silencio en el vehículo, mientras cada una procesaba las emociones originadas por el evento.

-Selma, estás hermosa.-Dijo finalmente la mayor.-Te convertiste en el centro de miradas de todos los hombres y de envidia de todas las mujeres del evento.

Como Selma permaneció en silencio ocultando un poco su rubor, la hermana prosiguió.

-En particular tuviste un impacto visual devastador sobre Martín.-Debbie exageró.- No abrió la boca en toda la reunión y te seguía absorto con la mirada y casi salta de su silla cuando dirigiste la palabra. Y tú no le dirigiste ni siquiera una mirada.

-Ese tonto no lo merece. Estará embobado conmigo ahora como lo estaba en el desierto con la mongola.

-Pero sé que a ti te gusta desde el momento en que lo viste por primera vez. No tiene sentido guardar resentimientos.

-Que sufra, como me ha hecho sufrir a mí antes.

Las secuelas de la reunión prosiguieron entre otros asistentes. También Dennis y Martín regresaban a casa del primero, aunque en el Subway. El joven lucía ausente y triste.

-La reunión fue un éxito total y has sido admitido como miembro de Bluthund, lo que es un honor reservado a pocos.

-Lo sé y así lo aprecio.

Dennis lo miró de frente y cambió de tema.

-Ella estaba hermosa, fue la sensación de la reunión.

El joven se ruborizó pero persistió en su mutismo.

-Martín, lo que sientes es recíproco, te aseguro que agradas a la chica.

- No sé cómo puedes decir eso. Me desprecia; ni siquiera me mira ni me dirige la palabra.

-No creo que te desprecie, aunque puede ser que en este momento te odie por razones de celos. Pero ese odio esconde otro sentimiento.

-Lo esconde demasiado bien.

Dennis resolvió dejar el tema de lado. No se consideraba en condición de dar consejos sentimentales y sabía por experiencia que sólo el tiempo cura algunas heridas. Para cerrar el tema dijo.

-Por tu edad es de esperar que no entiendas a las mujeres. Yo mismo tengo dificultades a veces para manejarme con ellas.

No todas las secuelas del cónclave de Bluthund tenían naturaleza sentimental. Una vez que los invitados se hubieron retirado y quedaron solos en la espaciosa sala William Richardson invitó a Madame Nadia Swarowska y a Taro Suzuki a cenar en un reducido saloncito contiguo a la sala de reuniones. El ambiente era informal y relajado, y los tres habían dejado de lado un cierto envaramiento que habían exhibido en la reunión. Al cabo de unos instantes se unió el maestro de ceremonias, quien también dejó de lado el trato subalterno que había mostrado en la asamblea.

-Siéntate al lado de Nadia y sírvete, nosotros ya hemos comenzado.

Unos instantes de silencio marcaron el comienzo de la cena, hasta que Suzuki exclamó.

-¡Vaya el cambio de frente que tuvo este caso!

-Así es.- Respondió Richardson.-Lo que había iniciado como una especie de búsqueda del ya saqueado tesoro mongol se transformó en algo mucho más recóndito con implicancias...yo las llamaría, siniestras.

-¿Tú estabas al tanto de los vínculos del barón Ungern con lo que pasó más tarde en Europa con el advenimiento del nazismo?-Preguntó Swarowska.

-Sólo a través de lo que escribieron personajes como el protofascista Julius Evola y el creador del *Führerprizip*, Hermann Keyserling.

-¿A qué crees que puede dar acceso el presunto portal cuyas coordenadas dio Ungern?- La pregunta de Richardson estaba dirigida al hombre que había actuado antes como maestro de ceremonias.

-Descarto que sea algo relacionado con predecesores de la raza aria o alguna otra de las ensoñaciones de los ocultistas nazis, sino con algo mucho más actual y más concreto.- Dijo con seguridad, mientras los otros comensales le escuchaban con atención.

-¿Tú crees...?- Comenzó Richardson.

-No conviene aventurar hipótesis aún. Sí creo que hay que alertar a nuestros asociados en Londres, París y Berlín, pero hacerlo con cautela. Por la naturaleza de lo que puede estar en juego tienen el derecho a saberlo.

-Tienes razón.- Afirmó Richardson. -Yo hablaré con Sir David en Londres. ¿Tú Nadia, puedes hacerlo con París?

-Y hablaré con Berlín, donde más resquemores puede haber.- Completó el maestro de ceremonias.-Tú Taro obviamente alertarás a los amigos en Tokio.

Hubo consenso en la distribución de tareas. El anfitrión se levantó y dijo.

-Voy a traer personalmente el postre. ¿Tú Nadia puedes encargarte del café?

Al quedarse sólo Richardson miró su reloj en forma dubitativa. Se preguntó si siendo la diez de la noche en Nueva York y teniendo en cuenta la diferencia de husos horarios con el otro lado del Atlántico su interlocutor estaría aun despierto. Luego recordó la fama de búho que el hombre tenía, de sus tiempos de servicio en el MI6, el mítico servicio de inteligencia exterior del gobierno inglés. Finalmente se decidió por llamar, en realidad también para calmar su propia ansiedad.

Una voz inconfundible respondió la llamada al cuarto timbre. Richardson pudo imaginárselo en robe de chambre, pantuflas y leyendo algún libro cerca del hogar.

-¿Sir David? Soy Richardson. Si es muy tarde...

-¡Ah! William. No, no. Esperaba tu llamado.

Sir David estaba al tanto de que se iba a desarrollar una reunión en Nueva York y de su propósito. No había podido acudir por otros compromisos. Ante el atento silencio del otro, Richardson contó pormenorizadamente lo actuado en el curso del evento; cuando consideró que había terminado con el relato se mantuvo a la espera de las preguntas que sabía que iban a llegar. Sir David hizo unos momentos de silencio, durante los cuales estaba sin duda evaluando lo oído.

-Entonces el tema puede llegar a ir mucho más allá que el tonto asunto del tesoro mongol.-La frase tenía el tono entre una afirmación y una pregunta.

-Es por eso que decidí llamarlo a esta hora.

-Había escuchado hablar antes sobre ese alemán, o ruso lunático y de su seguidor polaco... ¿Cómo se llamaba?

- Ossendowski.

-Exacto, pero no creía que había precedido a los nazis en su búsqueda de los orígenes de la raza aria en Tíbet.

Richardson se atrevió a contradecir al inglés pero lo hizo con cuidado.

-Sir David, de acuerdo con rumores que recibimos de otras fuentes, no se trata sólo de eso lo que pueden esconder esos parajes perdidos.

-Te escucho, sigue hablando.

AL TERMINAR EL AMERICANO con su explicación, Sir David emitió un silbido.

-Bien. No cabe duda de que deben seguir con su indagación. ¿Piensas organizar otra expedición?

-Sí, en los próximos días.

-¿Tienes actualmente las coordenadas del sitio al que van a ir?

-No, lamentablemente la parte del diario donde reproducían ese dato estaba borrada en la presentación que hicieron.

-¿Incluirás a los mismos participantes?

-A todos los que están en Nueva York. Cinco en total más este especialista Eichenberg.

-De acuerdo, tenemos que limitar el número de personas que están al tanto. Déjame decirte dos cosas.

Ambos hicieron unos momentos de silencio mientras Sir David daba forma a sus ideas.

-Por un lado me gustaría tener a uno de los míos en tu expedición. No se te oculta que puede haber peligro en la misma, y la persona que enviaría, si tú estás de acuerdo, sería alguien experto en seguridad, con digamos...grandes destrezas.

-De acuerdo. Bien, su nombre en código es Garland. Se presentará a ti en unos días, te pido que no prejuzgues. Es uno de mis mejores activos, es decir del MI6.

-Bien.

-Lo segundo que deseaba decirte es algo muy desagradable y te pido que lo tomes en calma.

-Le escucho.

-Sabemos que del otro lado, tu sabes a quienes me refiero...se han enterado de la misión al desierto de Gobi y de parte de los resultados, aunque seguramente aun no de lo que me acabas de contar pues es muy reciente.

Richardson sintió como si una piedra hubiera caído sobre su espalda.

-Pero...eso quiere decir...

-Efectivamente, que en Bluthund hay un topo.

De acuerdo a la rutina establecida Gerda Schmiddel golpeó un par de veces la pesada puerta y entró. El Director se hallaba frente a su computadora de escritorio situada en una mesa lateral pequeña.

-Hans Wildau está entrando en el edificio.- La mujer ya había pasado un llamado telefónico en que el aludido había solicitado una entrevista urgente al superior.

-Gracias Gerda. Hazlo entrar tan pronto llegue.

El Director estaba intrigado por la premura de su subordinado, siempre muy controlado y discreto. Nuevamente sonaron los golpes en la puerta y entró Wildau seguido por la secretaria.

-¿Les traigo unos cafés?

-Sí, por favor Gerda. Siéntate Hans.

El Director se hallaba perplejo. Había escuchado con atención la larga exposición de Wildau y estaba ahora meditando sobre las posibles implicancias de las noticias. En un momento decidió que era algo que no podía decidir sólo, de modo que se imponía consultar con sus pares. Finalmente tomó una decisión y dijo.

-Hans ¿Me puedes esperar aquí? Voy a hacer un llamado telefónico.

Dicho esto se levantó y se dirigió a una pequeña sala contigua a la que se accedía escasas veces. Allí había un sillón con una mesita con un teléfono. Era una línea completamente segura. Cuando del otro lado le atendieron dijo.

-¿Otto? Soy Helmut. Te llamo por algo que se acaba de presentar y que puede tener derivaciones inesperadas.

A continuación el Director repitió el relato de Wildau. Terminó diciendo.

-Había oído hablar de Ungern von Sternberg y sabía que era uno de nuestros antecesores, pero no se me ocurrió que pudiera dar pistas que resulten de actualidad sobre...nuestro objetivo.

Del otro lado el llamado Otto hizo una pregunta.

-Sí.-Dijo el Director.- La información viene de nuestro contacto habitual en Bluthund. Confiamos totalmente en él.

-¿No sabes hacia qué lugar de Tíbet se dirigen?

-No, lamentablemente las partes del diario de Ungern donde precisaba las coordenadas estaban enmascaradas en las diapositivas y nuestra gente no tuvo acceso a esa información

-Debemos evitar que se aproximen a nuestro refugio. Tratar de desviar a esos entrometidos de su ruta...y en caso contrario recurrir a otros medios. ¿Puedes confiar en Wildau para estas tareas?

-Totalmente. Pero tendré darle algunas razones de nuestros motivos.

-Hazlo, pero sólo lo que sea estrictamente indispensable para su misión.

-Confía en mí.-De repente exclamó.- ¡Ah! Hay otra cosa que me preocupa.

-Dime.

-Es la presencia de un descendiente de uno de los miembros de la expedición Schäffer.

-¿La de 1938?

-Sí.

-Mantenme informado también de eso.

Capítulo 22

Los preparativos para la expedición comenzaron recién la semana siguiente, con el objeto de dar descanso a los viajeros y obtener las visas y permisos necesarios a la vez que lograr el financiamiento adecuado. El Dr. Richardson se había echado la carga sobre sus hombros de supervisar hasta el último detalle pero el que efectivamente realizaba las acciones era el maestro de ceremonias Watkins, personaje un tanto enigmático pero que sin dudas era la mano derecha de aquél.

El día antes de partir, cuando ambos organizadores estaban en la puerta de entrada del edificio controlando el ingreso de materiales de campamento al garaje, una mujer de pequeña talla se separó del resto de los transeúntes y encaró directamente a ambos.

-¿Dr. William Richardson?

-Soy yo.

-Soy Garland.

El aludido quedó pasmado. Su mente estaba ocupada en la recepción de material y el ser llamado por su nombre en el medio de la transitada Park Avenue no formaba parte de sus experiencias habituales. Además, aunque Sir David le había alertado que no debía menospreciar al agente que le iba a enviar, realmente no esperaba encontrarse a una mujer.

Maggie Garland, fuera ese o no su verdadero nombre, era una mujer de talla baja, de aspecto menudo, cabellos oscuros que contrataban con sus grandes ojos azules; era difícil calcular su edad que Richardson estimó entre los treinta y los cuarenta. Su rostro era bonito aunque no llamaba especialmente la atención; el hombre pensó que eso era adecuado para una agente del MI6, en definitiva una espía, que debía fundirse con el resto de la gente, mimetizarse con el entorno.

Decididamente Richardson no deseaba entrevistar a un agente secreto en la calle, de modo que dejó las funciones de supervisión en manos de Watkins. Luego seguido de la mujer entró al edificio, llamó al ascensor y recién al estar solos en el le dirigió la palabra.

-Le doy la bienvenida. Discúlpeme por mi reacción inicial, pero Sir David no me indicó que Garland era una dama.

-¿Eso le molesta?

-Para nada. También me dijo que se trata de una persona sumamente efectiva en su trabajo. ¿Cómo debo llamarla?

-Usualmente me llaman Maggie.

Cuando terminaron las presentaciones la mujer dijo.

-Me doy cuenta de que se encuentra muy ocupado, de modo que no quisiera robarle su tiempo. Necesito un sitio para trabajar y tener acceso a todo el material fotográfico y fílmico de la expedición al Desierto de Gobi, y también información personal de las personas que van a acompañarnos. Discúlpeme pero en mi profesión este es un requisito fundamental.

-Lo entiendo. Sígame por favor.

El hombre guió a su visitante a la gran sala donde días atrás había tenido lugar la asamblea de Bluthund. Le indicó la computadora adosada al cañón proyector y le ubicó las presentaciones en el disco rígido de la PC. Luego se excusó, salió un instante de la sala y regresó unos minutos más tarde con unas carpetas.

-Tengo legajos de los diferentes integrantes de la misión, pero ellos no lo saben y me pondría en una situación embarazosa si se enteraran de su existencia.

-No se preocupe, en quienes tienen mi profesión la discreción y el secreto son la segunda naturaleza.

-¿Puede manejarse sola con estos equipos?

-Por supuesto.

-Enviaré a mi secretaria con café y para ponerse a su servicio. Es de total confianza, así como el hombre con quien me encontró abajo, llamado Watkins

Jerome Watkins se encargó de los temas relacionados con la obtención de los papeles consulares para viajar a Tíbet. Para ello se requieren una visa china y un permiso especial para visitar Tíbet, que una región de la República Popular China. Los viajeros a Gobi ya tenían la visa pues habían estado en territorio chino y sólo debían conseguir el permiso, lo mismo que Garland, mientras que von Eichenberg sorprendentemente tenía ambas.

Los viajes desde J.F.Kennedy hasta el Aeropuerto de Gonggar, en Lhasa se harían por Air China, y se dejaría en regreso abierto.

La obtención de los permisos para visitar Tíbet fueron facilitados por el hecho de viajar en grupo. La excusa proporcionada fue la de tratarse de un viaje de naturaleza religiosa, y se hicieron reservas para visitar varios monasterios y templos, incluyendo los de Sera y Jokhang en Lhasa así como el de Pabangka, y también al Palacio de Potala. El turismo en Tíbet es masivo, pero cerca del 95% de los millones de viajeros que llegan proceden de China. Buena parte del turismo occidental está relacionado con el interés por el budismo. Dado que tenía mucho conocimiento del tema, von Eichenberg se encargó de dar todas las respuestas a las preguntas consulares.

El viaje tendría una escala de varias horas en Pekín, pero no habría tiempo suficiente para visitar la capital china, al menos en el viaje de ida.

La expedición había sido organizada como una excursión turística, única forma de no atraer sospechas por parte de las autoridades chinas, siempre muy propensas a concebir sospechas en todo lo relativo a Tíbet. Por esa razón se habían intercalado visitas a diversos templos y monumentos históricos, en general relacionados con la religión budista, pensando que una vez realizados harían perder la pista a eventuales agentes del gobierno chino.

A pesar de todo este trasfondo paranoico, a través de sus contactos locales la Comunidad Bluthund se las había arreglado para contratar un guía sherpa llamado Yeshe, quien, según el Dr. Richardson explicó, había prestado diferentes servicios antes y era de total confianza.

Yeshe y otros dos sherpas se hallaban esperando a los viajeros en la explanada del hotel, al comando de tres vehículos utilitarios de origen chino, que resultaron de buena capacidad de carga y a pesar de su poco promisorio aspecto exterior bastante cómodos para los pasajeros. Jack y Dennis viajaron con el guía; Deborah, Selma y Garland con uno de los otros dos choferes y Martín y von Eichenberg con el restante.

De acuerdo a lo planeado los dos primeros días iban a realizar un viaje de tipo cultural y turístico de diversión, lo que a la vez daría a los viajeros la posibilidad de socializar y conocerse, particularmente con los dos miembros nuevos del grupo, Garland y Eichenberg.

Selma y su hermana sabían que su compañera de viaje era una agente del servicio secreto inglés, de modo que su relacionamiento fue prudente al comienzo, dado que no sabían que esperar de una mujer con ese oficio. Sin embargo, una vez habituadas al acento británico de su acompañante, encontraron que se trataba de una mujer con los mismos intereses que cualquier otra, y con un buen sentido del humor muy inglés. El chofer que no hablaba ni una palabra de inglés, escuchaba la charla femenina como un mantra de fondo entonado por esas extrañas sacerdotisas.

Martín se hallaba expectante por su viaje con el experto en temas orientales y se alegró cuando el hombre le comenzó a hablar de temas al comienzo triviales pero que tuvieron el efecto de romper el hielo. Se sorprendió cuando Eichenberg comenzó a hablar con el chofer en lo que evidentemente debía ser idioma tibetano. Entonces recordó que el hombre ya tenía no sólo visa china sino también permiso para circular por Tíbet; por ello se atrevió a preguntar.

-Señor von Eichenberg, ¿Usted ya ha estado en Tíbet antes?

-Sí.- Fue la seca respuesta quien evidentemente no deseaba en ese punto extenderse sobre el tema; sin embargo de inmediato su expresión se suavizó y agregó.

-Puedes llamarme Dieter. Cuéntame, ¿Cuáles han sido tus experiencias en la estadía en Mongolia?

Martín evaluó con que grado de libertad contestar a esa pregunta, pero luego razonó que su compañero estaba completamente al tanto de la expedición anterior y comenzó a narrar episodios que le parecieron destacados del viaje aludido.

-¿Qué edad tienes, Martín?

-Veintitrés años.

-¿Y tienes estudios en tu país?

-Soy ingeniero industrial recién recibido.

-¿Tienes experiencia en tu profesión?

-Aún no.

-Pero en cambio has tenido una cantidad de aventuras que pocos jóvenes de tu edad han experimentado.

-Sí, creo que es así.

-La experiencia profesional y todo lo demás vendrá a su debido tiempo, pero las vivencias que estás teniendo son irremplazables y sólo pueden ser adquiridas a tu edad.

El joven volvió a asentir, atraído por el enfoque sobre el que hasta ese momento no había tenido tiempo de meditar.

Los dos primeros días transcurrieron como había sido pautados, y en el final de la segunda noche, cuando habían armado su primer campamento al aire libre y ya habían comido su temprana cena, el guía Yeshe se acercó al fuego en torno al cual estaban reunidos los extranjeros y participó de las conversaciones. Finalmente expresó.

-Mañana dejamos la parte turística de lado y nos dirigiremos hacia nuestro objetivo.

-¿A qué distancia estamos?

-Ahora dejaremos la región de los lagos de altura y viajaremos unos 500 kilómetros en dirección sudoeste, hacia los montes Himalaya y Nepal. Todo Tíbet está a una altitud promedio de 4500 metros, pero ahora iremos hacia las partes más altas. Consideren que estos días les han servido para ir adaptando sus cuerpos a la altitud.

Capítulo 23

De acuerdo a lo anticipado por el guía el camino iba efectivamente ganando en altitud, lo que era perceptible en los oídos de los extranjeros. La lejana línea de cumbres se fue haciendo visible en el horizonte primero como un segmento oscuro el que con el transcurso de las horas comenzó a emitir resplandores de un blanco brillante al aproximarse lentamente a los picos nevados.

-MÍRENLOS DESDE AQUÍ.-Dijo Yeshe.- Están contemplando al techo del mundo.

Dennis, el navegador de la expedición, iba monitoreando permanentemente el curso seguido con su GPS, su brújula y sus mapas, en los que iba haciendo marcas para futura referencia. Tanto él como Jack iban en silencio con el objeto de no distraer la atención del conductor de su camino, que se iba tornando intrincado.

Por el contrario, Martín conversaba animadamente con su nuevo amigo Dieter, quien le hacía preguntas sobre la vida en Argentina y a la vez satisfacía la curiosidad del joven narrándole sus experiencias en Tanzania.

En el otro vehículo tanto Deborah como su hermana se habían dormido y Maggie Garland aprovechaba el tiempo escribiendo un informe sobre lo acontecido en su delgada *notebook*, pensándolo en trasmitirlo a sus jefes cuando llegaran a un sitio que dispusiera de internet y wi fi.

La voz de Gerda sonó en el intercomunicador.

-*Herr Direktor*. Tiene un llamado de Hans Wildau desde el exterior.

-Pásamelo por favor Gerda.

Se oyeron unos sonidos y finalmente la voz conocida de Wildau sonó en el teléfono.

-Hola Hans. ¿Qué tienes para mí?- Ambos interlocutores conocían las ventajas de realizar llamados cortos para disminuir la trazabilidad de potenciales elementos hostiles, por pequeña que la posibilidad fuese.

-Herr Direktor. Hemos podido encontrar los rastros de una expedición llegada hace cuatro días a Lhasa. Son ellos sin duda.

-¿Tu te encuentras ya allí?

-Sí. Llegué anoche.

El Director apreció la eficacia de su agente; llegado unas pocas horas antes ya estaba tras su presa.

-Bien ¿Saldrás de cacería?

-Tan pronto pueda organizarlo. Calculo que saldrá mañana por la mañana.

-¿Conoces a nuestros contactos locales?

-No personalmente.

-Los llamaré para asegurarme que te brinden toda la asistencia necesaria.

-Gracias, *Herr Direktor.*

-*Auf wiederhören.*

-*Auf wiederhören.*

Tras cortar la llamada con Wildau el Director meditó unos instantes, extrajo de uno de los cajones del escritorio una vieja libreta negra de sus épocas de laboratorio y llamó nuevamente a Gerda Schmiddel.

-Gerda, por favor comuníqueme con el Coronel Liu Hung, en Pekin. ¿Tiene el número?

-Déjeme mirar..., me temo que no.

-Fíjese como Hung Liu. El nombre de pila es Hung.

-A ver...sí, aquí lo tengo. Ya lo comunico.

El camino ascendente los había llevado a las primeras estribaciones del Himalaya. El aire se había tornado más pobre en oxígeno de modo que en cada incremento de altitud debía regularizarse su metabolismo para evitar la fatiga. Todo un día estuvieron recorriendo senderos progresivamente más angostos y abruptos. Los poblados y los rebaños se hacían cada vez más escasos, espaciados y pequeños, hasta que finalmente sólo veían de tanto en tanto algún pastor buscando una oveja descarriada o un lama solitario en su peregrinación a su cubículo ubicado en alguna recóndita gruta. Cada tanto los pasajeros rotaban entre las tres camionetas, con el objeto de reverdecer las conversaciones que se agotaban en el transcurso del monótono viaje. Al menos, la

Naturaleza les regalaba constantemente paisajes renovados y emociones nuevas en forma de estrechos caminos de cornisa que se estiraban en laderas que bordeaban precipicios insondables. Selma debió vencer su natural propensión al vértigo pero aún cerraba los ojos al pasar por una angostura particularmente angustiante. Su hermana no se separaba de su lado y Dennis se había sumado en el vehículo y con su prosa serena buscaba tranquilizar a las mujeres.

Martín había abordado el camión que llevaba a Jack, personaje que le resultaba deslumbrante por sus verídicas narraciones de episodios vividos en distintos continentes y ambientes naturales. La insaciable sed de aventuras del joven era excitada por los austeros relatos de Berglund, y constantemente le pedía ampliaciones de detalles sobre personajes, circunstancias, tiempos y lugares, que el interlocutor podía a veces satisfacer sólo a medias pues se trataba de misiones confidenciales que Bluthund le había confiado.

Garland había reemplazado a Martín como acompañante de Eichenberg y aunque al principio debió vencer cierta reticencia que los ingleses tienen frente a los alemanes pronto se comenzó a sentir cómoda con la personalidad llana del hombre, quien también le pidió que lo llamara por su nombre de pila. Debido a su profesión y a diferencia de Martín, lo que interesaba a la mujer no eran relatos coloridos de experiencias previas sino datos duros que pudiera almacenar en su disco rígido psíquico y que le permitieran completar un *dossier* mental y componer un personaje. Para llevar esta tarea a cabo Garland usaba las técnicas de interrogación suaves y no invasivas en que los policías ingleses destacan. A medida que transcurría el tiempo de charla la mujer sentía un peligroso sentido de atracción con el que deseaba litigar para evitar que le nublase el juicio.

-Pero no eres puro alemán, tus facciones te delatan.

-Así es.

-¿No quisieras elaborar un poco más tu respuesta?

-Mi abuelo paterno se casó con una joven tibetana.

-Sorprendente. ¿Qué llevó a un aristócrata alemán del período nazi a casarse con una mujer no aria?

-El amor, supongo.

-¿Quién era ella? ¿La hija de algún diplomático o miembro de las castas dirigentes del Tíbet, que en aquella época eran aliadas del Japón?

Dieter meditó un instante y respondió con aplomo.

- Nada de eso. Era una sacerdotisa y danzarina ritual tibetana. La conoció en un monasterio, en el cual el abuelo estaba siendo instruido por una anciano lama en la variante tibetana del budismo.

-¿Una variante del tantrismo?

-Sí.

-¿Cómo se llamaba o llama tu abuela tibetana?

-Tara.

-¿Y TE HA LLEGADO ALGO de... su legado cultural?

-Mucho.

-¿Y te enorgullece?

-Sí.- Las respuestas del hombre tendían a tornarse monosilábicas. Garland sintió que la atracción que sentía por el personaje que estaba construyendo en su interior se acrecentaba y se dio cuenta que en un momento no podría controlar ese impulso y temió que el control deseaba imponerle a su propio personaje estuviera en riesgo.

-Háblame de tu abuelo.

-¿Qué quieres que te diga?

-Comencemos por su nombre.

-Wolfram. Se llamaba Wolfram.

-¿Y qué estaba haciendo Wolfram en Tíbet en aquella época?

Dieter estaba en realidad esperando la pregunta directa de la mujer y decidió abrirse.

-Era parte de una expedición alemana en Tíbet.

-¿La de Ernst Schäffer en 1938?

El hecho de que la inglesa estuviera al tanto de esa actividad perdida en el polvo de la Historia sorprendió a Dieter.

-Sí.

- ¿De modo que el abuelo Wolfram estaba buscando los antecesores de la raza aria en esta parte del Asia?- El tono de la pregunta era un poco sarcástico, al percatarse la mujer se excusó.- Disculpa, no quise ser grosera.

-La pregunta es válida. Pero el abuelo no era un nazi. Es apenas un muchacho que precisamente por su formación aristocrática no creía en esas patrañas. Eso lo puso en riesgo pues en la expedición había miembros de las SS, cuyo jefe Himmler era uno de los patrocinadores de la expedición.

-De modo que abuelo Wolfram debió guardarse sus opiniones aristocráticas para sí mismo.

-No con demasiado éxito por lo visto.

-¿A qué te refieres?

-Wolfram debió desertar y fue perseguido pos sus camaradas. El monasterio guiado por su tutor el lama que dirigía a Wolfram en su instrucción budista les dio protección a él y a Tara en un refugio en la alta montaña. Permanecieron allí cinco años, todo el período de la Segunda Guerra Mundial. Mi padre y sus tres hermanos nacieron allí. Mi abuelo recién regresó a Alemania junto con su mujer y sus hijos en 1955.

Maggie Garland permaneció en silencio unos segundos; luego preguntó con total candidez.

-Tú te hallas aquí con nosotros en busca de tus raíces. ¿No es verdad?

Esta vez Dieter no esperaba esa pregunta de modo que lo descolocó, ya que ni siquiera él se la había planteado con tanta crudeza.

-Imagino que es así, como tú dices.

Por unos instantes permanecieron en silencio asimilando los efectos de la charla en cada uno. De pronto el hombre preguntó.

-Siento que he sido sometido a un interrogatorio, suave y cordial pero exhaustivo, por alguien que está entrenado en esas técnicas.

Siguió una breve pausa, luego el alemán prosiguió con la misma brutal franqueza.

-¿Quién eres tú? ¿Cuál es tu papel en esta expedición?

Esta vez la que no había visto venir la pregunta fue Maggie, de modo que intentó una respuesta diversiva.

-¿Qué quieres decir?

-Sabes perfectamente lo que quiero decir.

La mujer se sintió a su vez acorralada, y comenzó a arrepentirse de haber indagado. Pero de inmediato se sobrepuso y contestó con seguridad.

-Estoy aquí para ocuparme de la seguridad de esta expedición y sus integrantes.

-Pero no eres miembro de esta cofradía o de la Comunidad Bluthund. ¿No es cierto?

-No, no lo soy. Pero te ruego que no hagas más preguntas en este momento.

-Bien.

Garland se envolvió en una manta que había llevado en su viaje anticipando las bajas temperaturas. Cerró los ojos y se durmió con un inesperado gusto dulce en la boca.

Hans Wildau estaba sentado en un sillón del lobby del hotel en Lhasa. El director lo había llamado personalmente la noche anterior para hacerle saber que los arreglos para el viaje estaban hechos y que lo pasarían a buscar por el hotel a la mañana. El jefe de la expedición se identificaría con la contraseña Jade Negro.

Ya estaba semidormido luego de un par de horas de espera cuando un sexto sentido le advirtió que estaba en presencia de alguien. Sobresaltado abrió los ojos y se encontró que una mujer china joven vestida en forma adusta se hallaba observándolo a unos cuatro pasos. Bastante desorientado Wildau se puso de pie de un salto.

-Soy Jade Negro.- Dijo la mujer hablándole en inglés.

La confusión del hombre se incrementó y no pudo ocultarla. Había esperado que el contacto fuera algún alemán residente en Tíbet, y lógicamente que fuera un hombre.

-No soy lo que esperaba. ¿No es verdad?

-No...yo...disculpe, es que estaba dormido.

-¿TIENE SU EQUIPAJE PREPARADO?- Preguntó la mujer sin concesiones. Wildau se preguntó si en el bello rostro oriental habría aparecido alguna vez una sonrisa.

-Sí, está en aquél rincón.- Dijo señalando a un sitio fuera del paso de los numerosos turistas que pasaban.- Y ya he pagado la cuenta del hotel.

Extendió la mano y la mujer se la estrechó con fuerza.

-Hans Wildau.

- Liu Daiyu. O si lo prefiere. Daiyu Liu.

-¿Su nombre de pila es pues...Daiyu?

-Sí.

-¿Tiene algún significado? Los nombres chinos suelen tener significados poéticos.

-Significa precisamente Jade Negro.- Respondió la mujer en forma seca.

Súbitamente Wildau fue invadido por la sensación de que el aspecto duro y el trato huraño de la joven era una máscara que protegía un interior que temía quedar expuesto. Decidió no dejarse impresionar ni llevar por esas señas externas y responder con cordialidad para ir disolviendo esa cáscara. No se le ocultaba que la mujer le atraía fuertemente.

El convoy de tres vehículos había atravesado una zona de ascenso continuo y ríspido llegando finalmente a una meseta plana de varias hectáreas de superficie, rodeada de altos picos. Jack y Dennis conversaron con el guía tibetano y decidieron en común pasar la noche en aquel sitio. Colocaron las tiendas y se encendieron dos fuegos, uno para los conductores tibetanos y otro para los viajeros. Dennis y Deborah se hicieron cargo de preparar la comida y Selma y Martín limpiaron a posteriori los elementos usados y enterraron los residuos. Se sentaron luego en torno a la fogata que ardía vivamente a pesar de la escasez de oxígeno en el aire. Dieter se había parado a unos treinta o cuarenta pasos de distancia, cerca del borde de la meseta y se hallaba mirando el cielo. Garland lo llamó y el hombre se dio vuelta y con un amplio gesto abarcó el cielo y el abismo delante de él. Intrigada la inglesa se puso de pie y se acercó. Cuando se situó al lado del hombre y contempló el firmamento no pudo contener una suave exhalación. Lejos del resplandor de la fogata y ante la ausencia de luz de luna miríadas de estrellas brillaban en derredor, hacia arriba y hacia los costados hasta que su luz quedaba interceptada por las masas oscuras de las montañas circundantes. La naturaleza ofrecía en ese punto cercano al techo del mundo todo su esplendor. Maggie sintió que su pecho se inundaba de aire al mismo tiempo que sus retinas se llenaban de luz. Sin pronunciar palabra Dieter tomó la mano izquierda de la mujer con su diestra y ambos permanecieron quietos y silentes, con el objeto de no quebrar el magnetismo de la situación.

Lejos de allí, junto a la fogata Deborah miró a la pareja y luego alternativamente a Dennis, quien la estaba observando con una sonrisa. Desde la hoguera donde se hallaban los guías tibetanos se alzó una extraña melodía de las tres voces acompañadas de un curioso instrumento de cuerdas. La música no parecía tener letra articulada sino una serie de sonidos que al comienzo parecían monótonos. Repentinamente Selma comenzó a tararear siguiendo la melodía y al poco tiempo todos se encontraron entonando el son.

La magia del momento y el lugar duró un tiempo y quedó grabada en el inconsciente de cada uno de los presentes. La música de los tibetanos finalmente se extinguió y la pareja abandonó el borde del abismo y se reintegró al sitio de cada cual al lado del fuego, cuya función psicológica era mantener alejadas las amenazas de los monstruos de la oscuridad que están alojadas en el inconsciente colectivo de los humanos.

Deborah se estaba preparando para ir a su tienda a dormir cuando miró a su hermana. La muchacha estaba tensa, con los ojos cerrados y un ligero temblor sacudía su cuerpo. Alarmada Debbie se acercó y la tocó en el hombro. La muchacha abrió los ojos mirando fijamente hacia adelante.

-Selma ¿Qué te ocurre?- Dijo la hermana preocupada mientras todas las miradas convergían en ellas. Al principio pareció que la joven tenía dificultades para hablar pero al cabo de unos segundos dijo.

-Alguien nos observa. Alguien nos está mirando desde la oscuridad o al menos pretende hacerlo.

Capítulo 24

Los expedicionarios se miraron unos a otros. Maggie Garland lucía una mirada escéptica ante lo que creía era un acceso paranoico pero Jack, que adivinó sus pensamientos le previno.

-Selma no sufre de delirios sino que tiene poderes de clarividencia; hemos tenido ocasiones sobradas de comprobarlos.

Dennis se puso de pie, tomó un hierro en sus manos y dijo en voz baja.

-Voy a recorrer los alrededores. Jack, quédate aquí a cuidar el campamento.

-Te acompaño.- La voz de Garland sonó inesperadamente y Dieter intentó frenarla.

-Deja, yo acompañaré a Dennis.

Sin contestar palabra la inglesa sacó de dentro de su pantalón una insospechada pistola y se acercó al hombre que ya estaba partiendo. Ambos llevaban linternas para guiarse en la espesa oscuridad.

El tiempo transcurrió lentamente para los viajeros sentados en torno al fuego. Deborah sostenía sobre su regazo la cabeza de su hermana, quien luego de la visión había quedado dormida profundamente, debido quizás al esfuerzo de concentración realizado. Martín miraba a ambas mujeres con mil fantasías circulando por su mente mientras Jack paseaba cada tanto por el perímetro del campamento, monitoreado por uno de los guías tibetanos que se turnaban para dormir.

<TENEMOS UN CAMPAMENTO organizado.> Pensó el hombre, sin que eso le hiciera caer en una auto-complacencia que pudiera resultar peligrosa.

Dos interminables horas más tarde regresaron Maggie Garland y Dennis.

-Nada, no hemos visto nada.- Informó el hombre.

-De todos modos vamos a organizar guardias de tres horas para asegurarnos.-Añadió la inglesa.- No podemos desdeñar ninguna señal.-Dennis le había contado en su larga exploración las anteriores intuiciones de Selma y sus resultados, a los que sin duda debían su vida los viajeros por el Gobi.

Martín estaba luchando con la modorra para terminar de cumplir su turno de guardia, para el que restaba aún una media hora que se hacía larguísima. Agregó un par de ramas secas a la fogata y a la luz del fuego renovado vio una sombra caminando con cuidado y acercándose a la tienda de Garland. Al reconocer la figura de Dieter von Eichenberg sonrió. El hombre desapareció en el interior de la carpa.

Wildau trataba de acomodarse en el interior de la camioneta china, la que no tenía una buena suspensión entre sus virtudes. Frente a él se hallaba sentada la hierática Liu Daiyu. En el mismo vehículo se encontraba sentados otros dos hombres armados, con la misma posición inamovible de la mujer. En cada uno de los otros dos camiones viajaban seis hombres más. El alemán tenía suficiente experiencia para reconocer el comportamiento militar en cualquier país del mundo. Ya había extraído sus conclusiones y no tenía dudas sobre las mismas. Aquellos eran soldados del ejército chino y Jade Negro era su jefa, de cuyos mínimos gestos estaban pendientes todos los hombres. Habían viajado ya por una hora y Wildau decidió hablarle a Daiyu de improviso para encontrarla con las defensas bajas; siguiendo una corazonada lo hizo en alemán.

-¿Qué grado tienes Jade Negro?

La mujer reaccionó sobresaltada y contestó en el mismo idioma.

-¿Qué dice?

-Pregunto cuál es tu grado militar.

-¿A qué grado se refiere?

-Lo sabes bien. A tu grado en el Ejército Popular Chino.

Viendo que toda negación sería inútil la mujer recuperó su compostura y contestó con la parquedad que le era característica.

-Capitán. Soy un capitán de infantería.

-¿Y el hombre mayor que viaja en el vehículo de atrás es tu sargento?

-Sí, es el Sargento Cheng.

Por vez primera Daiyu miró de frente a Wildau y su vista se perdió en los ojos azules, lo que sin duda había querido hacer desde el comienzo. El alemán pudo observar el óvalo perfecto del rostro de la muchacha y sus rasgos delicados. Lamentó que el pesado uniforme no permitiera apreciar sus curvas. Ni la vestimenta de ella, ni la de sus hombres, ni los vehículos llevaban insignias que permitieran individualizarlos como militares.

-¿Las armas que llevan pertenecen al ejército chino?

-No.

-¿Qué son, AK47 de origen ruso?

-Mayormente sí.

-¿De modo que no hay nada que los relacione con el ejército ni el gobierno chino?

-Nada.- A su pesar Daiyu tuvo que admirar la mente del hombre que se hallaba frente a ella. Precisamente el rasgo que más admiraba la muchacha en un hombre era la inteligencia. Estimulada por la rotura del hielo la muchacha quiso evacuar algunas dudas de modo que hizo varias preguntas, sin poder evitar ruborizarse al hacerlo.

-¿Tu nombre es Hans, verdad?

-Sí.

-¿Has tenido formación militar?

-¿No te han dado un dossier con mis datos tus jefes?

-Sí, pero ese dato no estaba.

-No militar, sino en los servicios secretos del que era entonces mi país.

-¿Qué país era ese?

-La República Democrática Alemana.

-¿O sea la Alemania comunista?

-Sí.

-De modo que eres, o más bien eras, un agente de inteligencia, un espía.

-Así es.

A continuación la muchacha le confió que ella deseaba especializarse en inteligencia en el ejército chino. La charla se hizo fluida y el alemán se cambió de asiento colocándose al lado de la mujer. Un rápido chequeo a los otros soldados le permitió constatar que seguían mirando fijamente al frente, fuera lo que fuera lo que pasaba por sus cabezas al ver su movimiento. Al acercarse pudo percibir una suave fragancia que emanaba del cabello de Daiyu.

-¿Tienes alguna pista hacia dónde debemos ir?-Preguntó a la muchacha.

-Los estamos buscando por aire y por tierra.

Wildau se sorprendió al saber los medios que se habían movilizado para la tarea. Se preguntó quienes serían los contactos del Director en el gobierno chino y cuál podría ser el móvil que los guiara. Aproximó su cara al rostro de la muchacha y le susurró al oído.

-Me agrada tu aroma.

La siguiente jornada transcurrió sobre un terreno accidentado y el traqueteo de las camionetas era incesante. Dieter intentaba concentrarse en la lectura detallada de las fotos de las hojas del diario del Barón Ungern pero era una tarea difícil aún para el metódico estudioso alemán.

-Es como estar leyendo dentro de una licuadora.- Exageró pero continuó con sus esfuerzos.

Al cabo de una media hora hicieron una parada para almorzar. Los viajeros salieron de los vehículos para preparar la comida y estirar las piernas. Deborah preguntó a Maggie Garland.

-No lo he visto a Dieter. ¿Sabes dónde se encuentra?

-Quedó en el vehículo. Está luchando con esas fotos del diario de Ungern que tiene en su *notebook*. Voy a decirle que se una a nosotros aprovechando el tiempo de detención.

Cuando regresó al vehículo la inglesa encontró a Eichenberg sosteniendo la computadora en sus rodillas y mirando hacia adelante con la mirada perdida.

-¿Qué ocurre Dieter?

El hombre volvió súbitamente a la realidad y contestó.

- He encontrado una pista que se nos había escapado antes.

-¿De qué se trata?

-De una mención a otra entrada del sistema de túneles, es decir de otro portal de la presunta ciudad subterránea.

-¿Cómo es que no la habían visto antes, ni tú ni los otros que analizaron el material?

-El mismo Ungern la ha subestimado. Parece que no le daba mucho crédito a los chismes de los lamas que le habían proporcionado los datos.

-¿Tienes las coordenadas?

-Sí, como buen militar Ungern se había tomado el trabajo de ubicar el sitio aunque no creyera en él.

-Voy a llamar a Dennis para situar ese lugar.

Habían despejado un sector del suelo de piedras para poder desplegar un amplio mapa. Dennis se hallaba con el GPS en la mano y finalmente dijo mientras señalaba a un punto en el papel.

-Se trata de este lugar.- Está bastante cerca, tras esos cerros bajos.

-¿Qué importancia le atribuyes a ese nuevo dato?- Preguntó Jack que acababa de llegar.

-No lo sé.

-Pienso que estando tan cerca no podemos pasar de largo.- Agregó realistamente Dennis. -Debemos intentar visitarlo. Es la primera pista que se nos presenta.

-Bien. Tan pronto terminemos de almorzar nos acercaremos en uno de los vehículos. El resto permanecerá aquí. Iremos el guía, Dennis, Dieter y yo.- Concluyó Jack.

-Deben incluirme en el grupo.- Se oyó la voz de Maggie que se había acercado y oído las últimas frases.- En la camioneta podemos entrar todos.

El vehículo llegó hasta un punto en el cual el sendero que hasta allí llegaba se desdibujaba y terminaba finalmente en un pedregal. Los cuatro viajeros bajaron y trataron de orientarse.

-Estamos prácticamente en el sitio.- Dijo Dennis.- Hay que buscar donde puede haber una entrada a una gruta o caverna o algo semejante. ¿El diario no da pistas al respecto?

-Hay que recordar que el mismo Ungern no había estado jamás aquí. Déjame ver una vez más el texto que menciona al sitio.

Acto seguido volvió a encender al *notebook* y repasar la mención al portal. Luego de unos instantes exclamó.

-Dice que el portal se encuentra al pie de un "caballo de ajedrez."

-Caballo de ajedrez. ¿Qué demonios es eso?

-No lo puedo saber. Miremos en los alrededores a ver si encontramos algo que pueda responder a esa descripción tan extraña.

Todos comenzaron a caminar por los alrededores en la improbable búsqueda. El guía del vehículo se apeó del mismo y preguntó a Dieter si podía ayudar. La oferta fue de inmediato aceptada ya que un par de ojos aumentaban las chances de lograr algún resultado.

Al cabo de un rato Maggie rendida por el cansancio se había sentado en una roca. Se cubrió los ojos con el sombrero para evitar el resplandor del sol. Luego de unos instantes giró en torno a sí misma y se descubrió el rostro. Una vez adaptada la vista nuevamente a la luz frunció el ceño y preguntó en voz baja.

-¿Qué es aquello, en la cima de ese cerro?

-¿A qué te refieres?-Preguntó Dieter que había alcanzado a oírla.

Por toda respuesta la mujer señaló una extraña formación en la cumbre de una elevación a unos trescientos pasos.

-¿Te parece que tenga la forma de una cabeza de caballo?- Preguntó el alemán.

-No, pero es extraña.

-No hay que olvidar que Ungern sólo había reproducido los comentarios de un tibetano. Vamos a mirar ese montículo con ojos de tibetano.- Acto seguido llamó al guía y le hizo una consulta en su idioma. Maggie se sintió sorprendida cuando el hombre contestó en voz alta a la vez que asentía ostensiblemente. La muchacha miró entonces a Dieter y vio que exhibía una sonrisa; preguntó.

-Bien. ¿Qué ha dicho el guía?

-En fin. Dice que él le ve forma de cabeza de caballo aunque él personalmente no conoce el ajedrez.

A falta de mejores pistas se reunieron los cuatro viajeros y decidieron subir hasta la elevación y buscar en el sitio.

-En el peor de los casos desde allí tendremos una mejor vista de los alrededores.- Se conformó Jack.

El ascenso fue lento, ya que la pendiente era bastante grande y debían sortear todo tipo de escollos pétreos de modo que el trayecto fue zigzagueante. Dieter tuvo que apoyarse exhausto en una roca y preguntó a la mujer.

-¿Cómo es que estás en tan buen estado?

-Realizo prácticas aeróbicas tres veces por semana.

-¿Siempre?

-Siempre.

Un tanto avergonzado el hombre agitó la cabeza y prosiguió fatigosamente su marcha.

Finalmente el guía llegó a la cumbre y una vez allí esperó que se le reunieran los restantes montañistas. Mientras tanto el tibetano recorría con la vista el suelo y la ladera. Cuando Dennis y Maggie llegaron les señaló un socavón en la base de la presunta cabeza de caballo haciendo comentarios con grandes ademanes.

-¿Qué dice?

-Que allí puede haber una entrada.- Contestó Dieter que finalmente estaba llegando.

Nuevamente los viajeros se sentaron en el suelo para tomar resuello ya que la altitud limitaba su suministro de oxigeno; la mujer fue la primera en ponerse en pie y azuzar a los varones que avergonzados debieron seguirla. Precedidos por el guía se acercaron a la escabrosa grieta sintiendo de inmediato la frescura de su ambiente interno luego de la prolongada exposición a la deshidratante trepada por la ladera a pleno sol. Por el contrario lo poco que se podía ver del interior era poco prometedor, con riscos de bordes aserrados hasta donde llegaba la luz

-Bien. ¿Qué esperamos? ¿Quién va al frente?- Continuó apurando la mujer, hasta que con gesto resignado Dieter se introdujo en la grieta.

Capítulo 25

A poco andar de la entrada de la caverna la luz procedente del exterior se extinguía y sólo quedaban los delgados dedos lumínicos de las linternas de mano. Quienes habían estado en la expedición en el Desierto de Gobi pronto pudieron cotejar esta cueva con la que habían hallado entonces. En el nuevo caso el pasillo era siempre angosto, retorcido en tal forma que los viajeros tenían la sensación de estar girando a 180 grados y aproximándose a la ladera por la que habían entrado. El suelo estaba sembrado de escombros y el techo de peligrosas puntas que había que esquivar para no tener el cráneo desgarrado por las salientes. Al menos en la nueva cueva no había derivaciones laterales que hicieran a los viajeros temer extraviarse en el vientre de la montaña. El sentido de la marcha era claramente descendente, lo que no podía ser de otra forma dado que habían ingresado por la cima de la montaña.

Insensiblemente el ancho del pasadizo fue ensanchándose y el espacio con el techo irregular ampliándose, lo que daba un poco más de comodidad a los desplazamientos de los exploradores. El guía tibetano tenía un gesto temeroso en su cara, sin duda por razones supersticiosas, por lo que finalmente Dieter lo autorizó a regresar a la superficie y esperarlos allí. Aunque no se lo quisiera reconocer a sí mismo también jugaba en su decisión el deseo de mantener confidenciales los eventuales hallazgos que pudieran hacer en la caverna, lo que se tornaría vidrioso de haber dentro del grupo una persona movido por otras finalidades distintas a las de la Comunidad Bluthund.

Los minutos se sucedieron y se convirtieron en una hora de exploración. Jack se estaba preocupando por las eventuales dificultades que podrían hallar al volver sobre sus pasos, pero en un segundo análisis pensó que al no haber ramificaciones en el túnel no podrían extraviarse en el corazón de la montaña.

-¿No lo notan?-Dijo inesperadamente Maggie.- El aire se está tornando más denso.

-Es natural porque nos estamos alejando cada vez más de la entrada, y no parece haber otro ingreso de aire.- Respondió el alemán.

Delante de ellos el pasadizo trazaba la enésima curva de modo que se aprestaron a tomarla poniéndose en fila india ya que en esos casos el túnel se angostaba. Dennis iba al frente e iluminaba el espacio delante de él con el estrecho haz de luz de la linterna; luego de un prolongado silencio de pronto exhaló una obscenidad.

-¿Qué ocurre?- Preguntó alarmada Maggie Garland.

-El túnel se acaba de pronto...aquí mismo.

Los cuatro caminantes devenidos espeleólogos ingresaron en una corta cavidad que se hallaba al otro lado de la curva y constataron que, efectivamente, ese era el final de camino. Una sensación de frustración invadió a los exploradores por el abrupto término de una indagación que había parecido promisoria cuando habían ingresado a la caverna.

-No lo tomemos a la tremenda.-Dijo Dennis.- No olvidemos que la ubicación que vinimos a buscar era la que el Barón Ungern había marcado en su diario como principal, y ésta era una posibilidad secundaria de la que hasta hace unas pocas horas no teníamos conocimiento.

-Tiene razón, no nos dejemos vencer por el desaliento.- Completó Jack, sentándose en el suelo rocoso. -Descansemos un rato antes de emprender el regreso.

Los demás imitaron su acción ya que la escasez de oxígeno en el aire interno de la caverna menguaba sus energías. Jack cerró sus ojos, Dennis recostó su espalda contra la pared de roca y apoyó la nuca en la misma, Dieter colocó su cabeza sobre las rodillas y quedó quieto en esa posición, mientras Maggie se quitaba las botas y friccionaba sus pies. Al recoger del suelo uno de las mismas para volver a colocársela un extraño objeto brilló a la luz de la linterna apoyada en el suelo.

-¿QUÉ ES ESTO? PARECE un objeto metálico.- Dijo, mientras lo levantaba y sacudía el polvo que lo cubría.-Es como una moneda.

Cansadamente todos vencieron su modorra y dirigieron sus respectivas luces hacia la mano de la muchacha. Repentinamente viejos relatos familiares se hicieron presentes en la mente de Dieter, quien en un gesto un tanto descortés se abalanzó sobre el sitio del hallazgo y quitó el objeto de la mano de la mujer. Por un momento le faltó la respiración.

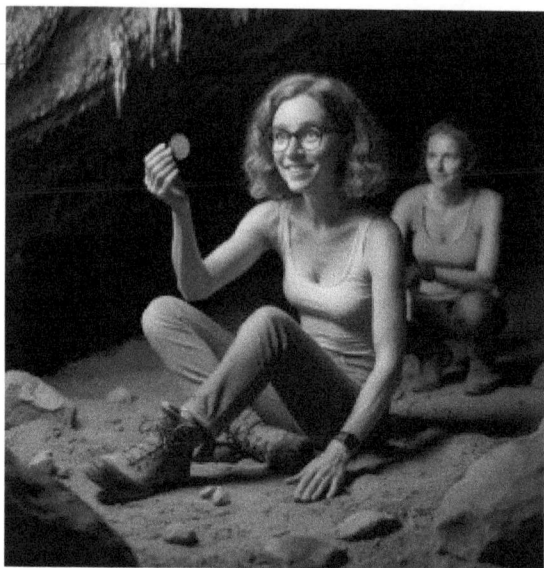

-Sí...es tal como me la describió mi abuelo. ¡Oh Maggie! Discúlpame por mis modales.- Al decir esto pasó delicadamente un pañuelo por la superficie del objeto y exclamó.- ¡Allí está!

-¿De qué abuelo estás hablando? ¿Y qué diablos has encontrado?- Preguntó perplejo Jack.

-Luego les explicaré. Busquemos a ver si hallamos algo más.

-¿Algo como qué?

-Otras monedas o bien restos óseos.

A la luz mortecina de las linternas cuyas baterías ya se estaban extinguiendo todos comenzaron a remover nerviosamente el suelo de roca cubierto del polvo de los siglos, hasta que Dennis exclamó.

-Sí. Aquí hay algo...puede ser un trozo de hueso, aunque un tanto extraño.

La búsqueda se prolongó hasta que todo el sustrato que cubría el suelo de la cavidad fue removido sin más hallazgos.

-Esto me produce una emoción profunda.- Dieter se veía realmente conmocionado.

-¿Por qué? ¿Cómo sabías que podía haber huesos?- Jack parecía desconcertado.

- Es increíble...mi abuelo estuvo en este mismo sitio en 1938.-Dieter parecía delirante.- Las chances de que yo volviera al mismo sitio dos generaciones después eran ínfimas, y sin embargo ocurrió.

Mientras Jack lucía estupefacto, en la mente de Maggie comenzó a tomar forma una cierta explicación en base a cosas aisladas que el alemán le había contado. Mientras tanto Dennis, siempre práctico, exploraba las paredes del reducto en que se encontraban.

- Este túnel originalmente proseguía más adelante, esto que está delante de nosotros es una pared de escombros, producto de un derrumbe.

Resignado a no poder entender los balbuceos de Dieter, Jack se incorporó y se unió a Dennis.

-Tienes razón, estas son rocas caídas en alguna catástrofe dentro de la caverna, en algún momento de su historia. Es posible que el túnel siguiera más allá.

Dieter que parecía recuperado de su shock se unió a la conversación, lo que produjo un cierto alivio en Maggie.

-Es importante que registremos estos hallazgos en forma adecuada para investigaciones posteriores. Aunque sea dudoso que alguien venga por este camino, el sitio donde encontramos estos restos debe quedar bien documentado. Cuando salgamos de la cueva trataré de explicarles lo que ocurre, al menos hasta donde yo tengo conocimiento.

Los demás se retiraron hasta detrás de la curva de modo de dejar la sala del derrumbe vacía, mientras Dennis filmaba y fotografiaba el sitio, incluyendo los objetos hallados, que habían sido colocados nuevamente en el lugar donde habían sido encontrados. El hombre estaba a la vez grabando una descripción precisa de lo actuado.

Finalmente todos cargaron sus equipos y emprendieron el regreso, pero gracias al casual hallazgo de Maggie la atmósfera deprimente anterior había sido reemplazada por un clima festivo.

Esa noche regresaron tarde y encontraron que los dos guías que habían quedado en el campamento ya habían cenado de modo que se aprestaron a comer solos. Deborah, Selma y Martín estaban un tanto preocupados por su tardanza pero la inglesa dio una explicación de circunstancias sobre lo ocurrido en la marcha.

-Espero que después Dieter pueda poner algo de sentido en lo que hemos hallado.

El alemán se unió al resto cuando ya habían comido, su semblante lucía radiante a pesar de la barba crecida y el cansancio y cenó apresuradamente mientras los otros lo esperaban. Por fin Jack habló en nombre de todos.

-¿Puedes decirnos que ocurrió en esa cueva y que fue lo que encontramos?

Dieter había venido con un morral del cual extrajo unos sobres plásticos en los que había colocado los objetos hallados, luego de proceder a su limpieza cuidadosa, siguiendo los protocolos habituales en las excavaciones arqueológicas. Pasó los mismos a Maggie que se hallaba a su derecha con la consigna de que después de observarlos los pasara al resto de los miembros de la expedición. Mientras tanto comenzó con una exposición con su acento alemán.

-En 1938, mi abuelo Wolfram von Eichenberg se hallaba en este mismo lugar con una expedición organizada por la Sociedad Thule, una organización que patrocinaba ciertas teorías que luego haría propias el jefe de las SS.

-De modo que tu abuelo era un nazi.

-Justamente no. Por eso tuvo que ocultarse en Tíbet...

Mientras Maggie oía esa parte de la explicación que ya conocía, su cerebro disciplinado por los servicios secretos ingleses ataba cabos y extraía determinadas conclusiones basadas en sospechas previas. Finalmente la mujer trazó un plan de acción en su mente, y se preguntó como comunicárselo a sus compañeros de aventura.

Capítulo 26

-¿**D**e modo que esta *swastika* que vemos en la medalla o moneda no fue tallada por los nazis?- Preguntó Martín.

-No. Es un objeto muy antiguo, cuya edad se mide en miles de años y quizás decenas de miles. Esa cruz gamada, girando en el mismo sentido que la de los nazis o en sentido contrario, se encuentra en tallados en rocas en diversos sitios de Asia y aunque algunos la atribuyen al surgimiento de los indoeuropeos o arios en estas latitudes, ni siquiera eso es seguro.- Dieter hizo una pausa.

-Lo realmente sorprendente es haberla hallado- tal como hizo mi abuelo en el siglo pasado- en el contexto de una cueva con restos óseos que no son plenamente humanos. Aunque se trata de homínidos, como pueden ver el grosor del hueso craneal es excesivo para ser de origen de nuestra especie *homo sapiens.*

-¿Qué explicación tienes para eso?- Preguntó Debbie.- ¿Eran los proto-arios que buscaban los nazis?

-La verdad es que no tengo una explicación. Este es el comienzo de una investigación y no el fin.

-¿Y dices que tu abuelo había hallado los mismos objetos?

-Sí, aunque el trozo de cráneo era de un hueso distinto, de modo que hasta es posible que ambos sean del mismo cráneo.

-¿Y qué repercusión tuvo ese hallazgo?- Quién preguntaba era Jack.

-No lo sé porque toda la discusión tuvo lugar en un medio nazi del que Wolfram fue excluido. De todas maneras no olvides que esto ocurría en 1938. Al año siguiente estalló la Segunda Guerra Mundial y el interés se trasladó a las acciones bélicas.

-¿No sabes si los aliados, en particular los ingleses, se enteraron de este hallazgo al fin de la guerra?- La pregunta de Maggie pareció un poco fuera de lugar a los demás.

-No lo sé exactamente. Lo que sí llegó a mí en las narraciones familiares es que cuando Wolfram regresó a Alemania en 1954 los ingleses se encontraban en Berlín en aquellos momentos y fue interrogado por el MI6.

Al escuchar esta respuesta Maggie tuvo un imperceptible sobresalto.

Al día siguiente, antes de partir hacia el nuevo destino en las coordenadas señaladas por Ungern, Jack decidió hacer una llamada por el teléfono satelital a Richardson. Maggie se le aproximó con aire dubitativo.

-¿Vas a llamar a tu jefe?

-Sí.

-¿Me puedes prestar luego el teléfono? Me gustaría también llamar al mío.

-No hay problema.

La mujer parecía dubitativa.

-Oye Jack, ¿Puedo proponerte algo?

-¿De qué se trata?

-Coordinar lo que vamos a decir.

El hombre pareció un tanto dubitativo, pero respondió.

-Te escucho...

Al intentar poner en marcha los tres vehículos uno de ellos no encendió. Dos de los choferes se metieron en el capó del camión para revisar el motor, en particular el sistema de ignición. Finalmente Dennis se unió a ellos pero la solución no apareció hasta bien entrada la tarde, de modo que decidieron postergar la salida para el día siguiente, con el objeto de poder hacer todo el recorrido con luz diurna y en una sola etapa.

Esa noche Wildau se deslizó en la tienda de Daiyu, sin prestar mucha atención al centinela que había quedado apostado en el campamento, que mantuvo su vista clavada en el horizonte y simuló no ver nada.

En un momento el teléfono del hombre sonó y procedió a atender el llamado de inmediato.

-*Ja, Herr Direktor*. -Como recordó que la mujer entendía algo de alemán y prefería mantener la discreción en la conversación, salió de la tienda y estuvo hablando por varios minutos. Finalmente cortó la llamada y reingresó en la tienda.

-¿ERA TU JEFE?

-Sí.

-¿Y tienes noticias?

La cara del hombre se iluminó en una de sus raras sonrisas.

-Sí.

-Luces contento. Deben ser buenas. Compártelas conmigo.

-Me están enviando las coordenadas del lugar del hallazgo. Los tuyos harán un reconocimiento aéreo del lugar.

-Bien.- Dijo Daiyu con tono felino.- Ahora ven conmigo.

-¿Cómo es eso?- Preguntó Hans con sorna.- ¿Qué se ha hecho de la típica mujer oriental, discreta y recatada?

-Estás hablando con una capitán del Ejército Popular Chino, ¿Recuerdas?

AL AMANECER DEL DÍA siguiente Selma se despertó sobresaltada y se sentó en la bolsa de dormir. Debbie, que ya se había levantado y estaba doblando su propio saco de dormir le preguntó extrañada.

-Selma, querida. ¿Te ocurre algo?

-Nos están buscando.

-¿Quiénes nos están buscando y dónde?

-No sé quiénes son, pero están cerca.

Ambas mujeres salieron de la tienda para permitir que Martín la desarmase y se acercaron a Maggie, Dieter y Jack, que se hallaban desayunando.

-Cuéntales de tu presentimiento.- Instó Debbie a su hermana.

-Me desperté con la certeza de que alguien nos está buscando y que se halla cerca de aquí.

Los tres interlocutores se miraron en forma significativa.

-¿Qué más nos puedes decir?

- No sé qué buscan pero sus intenciones no son buenas.

Buscando calmarla Jack acarició la cabeza de la muchacha que lucía asustada.

-Bien. Ve a desayunar tú también y deja que nosotros nos encarguemos.

La joven se alejó pero su hermana permaneció junto al grupo.

-¿Por qué tengo el presentimiento de que ustedes no sólo no están sorprendidos sino que parecían esperarlo?

-No lo estábamos esperando a ciencia cierta, pero era una de las posibilidades...de las preocupantes posibilidades.- Contestó enigmáticamente Jack, dando muestras de no desear elaborar más su respuesta.

Con su habitual agilidad, fruto del ejercicio y su físico ligero, Maggie se trepó a un cerro que aun cuando no tenía mucha altura, le permitía otear el horizonte en casi todas las direcciones. Se bajó el ala del sombrero australiano para evitar que el sol la deslumbrara y sacó los binoculares de su estuche, barriendo el cielo en todas direcciones.

Cuando lo vio emitió un leve sonido. Era como un pequeño insecto revoloteando sobre las cumbres a una cierta distancia. En ese momento se acercaba Dieter y la mujer le entregó los largavista indicándole la dirección.

-Es un helicóptero. Vuelan a baja altura y en círculos. Están buscando algo en tierra.

Justo en ese momento se sumó también Jack, quien llegó a oír la última frase. Dieter le pasó los binoculares.

-**Nos** están buscando.- Concluyó Jack.- Selma estaba en lo cierto.

-¿Vamos a ocultar los vehículos y el campamento?- Preguntó Dieter.

-No nos ocultaremos, además nos detectarían de todas maneras.

El zumbido de la aeronave llegó a ellos. El tamaño de la misma se agrandó a la luz del sol y pronto un destello hirió la retina de los viajeros.

-Nos han visto.- Dijo Maggie.- Sólo que no saben que los hemos visto nosotros también.

En ese momento el helicóptero giró en redondo alejándose a toda velocidad del sitio.

-Están allí.-Dijo Daiyú en voz baja mientras cortaba su comunicación.- Nos pondremos en movimiento ya mismo. No estamos lejos. Llegaremos al amanecer.

-Puede ser que se hayan ido para entonces.- Argumentó Wildau.

-No importa. Ya tenemos el lugar. Si queremos a los viajeros los podemos siempre detectar desde el aire.

Acto seguido salió de su tienda y comenzó a impartir órdenes a sus hombres, los que pusieron manos a la obra de inmediato. Wildau observaba admirado desde la puerta de la tienda la febril actividad que la mujer había desencadenado.

-Nos pondremos en marcha a nuestro objetivo al alba. Dijo Jack, que de alguna manera y por consenso del grupo actuaba como un virtual líder. Debiéramos llegar a nuestro objetivo hacia el mediodía.

Y de esta forma, todos los jugadores de esta compleja trama avanzaban hacia su fase final, hacia un conflicto que lucía inevitable y cuyo desenlace aún no estaba escrito. Detrás de cada uno de esos personajes había titiriteros que movían sus hilos para lograr sus propósitos.

-Ya se han puesto en marcha para la etapa final.- Dijo William Richardson a su silente interlocutor.

-¿Todo de acuerdo a lo planeado?

-Sí.

-¿Cuando planean llegar?

-En el curso de la tarde.

-Hazme saber cuando tengas noticias.

-Por supuesto. Sir David. Cuente con eso.

Debido al recorrido lleno de obstáculos y senderos estrechos y peligrosos el trayecto llevó más tiempo del esperado. En efecto ya eran las cuatro de la tarde y aún no habían llegado a las coordenadas buscadas. Selma había insistido en viajar en el primer vehículo junto con Jack y Dennis, quien oficiaba de navegante.

-LA SUCESIÓN DE CUMBRES hace que las distancias en el mapa resulten engañosas.

-Además las curvas y contra-curvas tienden a desorientar al viajero más despierto.- Contestó el primero. -Me obliga a estar consultando la brújula permanentemente.

-Pero sin duda estamos en el rumbo correcto.

La muchacha viajaba en silencio y por momentos cerraba sus ojos como si estuviese adormecida. En un momento determinado solicitó a los hombres que detuviesen la marcha. Extrañado Jack ordenó al chofer parar en un pequeño rellano, mientras indicaba sacando el brazo a los restantes vehículos que hicieran otro tanto.

Mientras los miembros del grupo estiraban las piernas Selma trepó a una roca escarpada que sin embargo ofrecía una ruta de acceso practicable a la cima. Martín decidió seguirla para asegurarse de que no sufriera algún traspié que pudiera resultar riesgoso. La joven llegó arriba con una agilidad inesperada y formando una pantalla sobre sus ojos con su mano izquierda comenzó a mirar el horizonte.

Deborah y Dennis se hallaban conversando sobre el clima excepcionalmente benigno que estaban disfrutando a esa altura del año y pronto Maggie se unió a ellos con el objeto de participar en alguna conversación banal luego del silencioso viaje.

-Yo soy friolenta y no me puedo quejar hasta aho...

Sus palabras se vieron interrumpidas por un grito que venía de lo alto. La voz inconfundible de Selma fue repetida por el eco propio del lugar. Al mirar todos hacia ella la vieron apuntando a un sitio del cielo.

-Allá está...es ésa...la estrella de Agartha.

Eran ya casi las siete cuando arribaron al lugar señalado por el GPS. Una masa de roca oscura se alzaba delante de ellos y con toda probabilidad ese era el sitio buscado y todo se reducía en ese momento a determinar si había una entrada a una caverna tal como esperaban basados en las experiencias previas.

-Seguir con tan poca luz es peligroso. Haremos un campamento aquí, repondremos nuestras fuerzas y mañana al amanecer nos pondremos a la búsqueda.- Dictaminó Jack ante el consenso de los demás.

Luego de cenar Debbie y Dennis salieron a pasear por la dilatada planicie que se abría ante ellos. Se pararon frente a un precipicio detrás del cual y a gran distancia se extendían unas cumbres nevadas. El silencio era sólo quebrado por el suave silbido de una brisa y ambos contemplaban la puesta del sol tras los montes situados en occidente. El hombre pasó un brazo sobre los hombros de su novia y aproximó su cabeza a la de ella. Un beso largo y esperado lo unió. Debbie exhaló un suspiro de felicidad ante el marco perfecto de la escena; sabía que recordaría ese momento por años y miró al hombre con una amplia sonrisa que fue para él suficiente recompensa. Un largo tiempo transcurrió en silencio, respetando la majestuosidad de la naturaleza.

-Estoy empezando a sentir frío.- Dijo finalmente Deborah.-Mejor volvamos.

Cuando retornaban al perímetro de las tiendas la luz natural se extinguía rápidamente y el fuego era sólo un rescoldo.

Dennis señaló en dirección a la tienda que ocupaba Selma y Debbie emitió un débil sonido.

-¡Es Martín! ¡Se está metiendo en la tienda de mi hermana!

-Supongo que tendrá su consentimiento. En caso contrario ya estaríamos oyendo sus gritos.

-Pero ella juró que lo mantendría a raya. Estaba furiosa al verlo embobado con la muchacha mongola.

-Posiblemente haya cambiado de opinión. A esa edad las hormonas presionan fuerte.

-Disculpas a tu pariente muy rápido. No hay garantías que se vaya luego de alguna esquimal, marciana o cualquier otra mujer.

-Eso dependerá también de Selma. ¿No crees?

Capítulo 27

Las coordenadas proporcionadas por el diario del barón marcaban a un cúmulo de rocas amontonadas que se hallaba delante de ellos. La posición de la estrella que Selma había señalado la noche anterior coincidía con la ubicación. La concordancia de datos reforzaba el sentimiento de triunfo por haber llegado a la meta que embargaba a los viajeros. Esa noche sólo los guías tibetanos y Selma pudieron dormir, los primeros porque apenas conocían los propósitos de la expedición, a sus ojos solamente otra extravagancia de unos extranjeros ricos que no necesitaban trabajar para ganarse el sustento. En cuanto a la muchacha durmió plácidamente luego del esfuerzo de concentración y la escalada de la montaña. El resto del contingente permaneció en vela aún a su pesar y los rayos del sol que emergía sobre las cumbres de oriente los encontró somnolientos y ansiosos.

El recorrido a hacer a pie era de aproximadamente un kilómetro en línea recta, pero de acuerdo con lo que ya habían aprendido en la montaña, esa distancia se triplicaría por los vericuetos del sendero a seguir. Todo el trayecto sería cuesta arriba, con una pendiente suave al principio y más marcada al final, pero el ascenso no incluiría tramos de montañismo sino que sería exclusivamente un *trekking* más o menos esforzado. Por momentos el sendero los obligaría a descender de modo que las dificultades se incrementarían al necesitar recuperar esa altura.

Jack y Dennis se alternaban en la vanguardia mientras Debbie y Selma viajaban acompañadas por Martín, en tanto que Maggie y Dieter cerraban la marcha en una columna que se estiraba por momentos pero oscilaba en unos cincuenta pasos de largo. Con frecuencia debían parar para permitir a las muchachas recuperar el resuello.

-Recuerden de rehidratarse con frecuencia.- Reiteró Jack, ducho en marchas en paisajes agrestes bajo la acción del sol.

Ya habían trepado las dos terceras partes de la altitud del escarpado risco y de allí en adelante debían prestar particular atención a todos los detalles del contorno que pudiesen marcar la entrada una cueva, una excavación, un sendero practicable o cualquier otro indicio que resultara llamativo y destacara del paisaje rocoso, ya que el diario de Ungern no describía al sitio que buscaban, dado que el barón jamás había estado en él y sólo conocía su ubicación por relatos. Dennis, quien se hallaba al frente del grupo en ese momento señaló una pequeña planicie que se abría a su derecha y dijo.

-Vamos a hacer una última parada aquí antes de emprender el asalto a la cima. No olvidemos que nosotros estamos subiendo por la pared norte pero la entrada puede estar del otro lado por lo que es posible que debamos circundar la cumbre.

Todos se sentaron en el suelo de la meseta, cubierta parcialmente por parches de nieve. Luego de un rato Dieter se acercó al precipicio en que la extensión de roca terminaba y se asomó a las profundidades. Maggie se acercó detrás de él, venciendo su natural vértigo y aversión al vacío. Para evitar sobresaltarlo habló al alemán cuando se hallaba aún a varios pasos.

-¿Ves algo extraño o fuera de lugar?

-Unos destellos allá abajo en el valle, mezclados con la reflexión de la nieve.- Respondió Dieter señalando con su dedo enguantado hacía las profundidades. La mujer observó en la dirección señalada y asintió, preguntando.

-¿Tú crees que eso...?

-¡No! De ninguna manera puede ser lo que estamos buscando. Está apartado de las coordenadas y está sobre el suelo de piedra.- Se apartó y llamó en voz alta a Dennis.

-¿Me puedes traer esos prismáticos de alto poder que tú tienes?

Atraído por el llamado se acercaron el aludido y Jack cada uno provisto de binoculares. Dieter señaló en la dirección del lejano objeto. Los prismáticos circularon entre todos sin que surgiera la luz sobre la identidad de lo que estaban observando. Finalmente Jack recuperó su largavista y volvió a mirar el sitio aprovechando que unas nubes que estaban tapando el sol se apartaron momentáneamente y exclamó.

-¡Ya lo tengo!

-¿Ya sabes de qué se trata?

- Sí. Sin duda.- Se volteó y miró a sus compañeros ansiosos.

-Son los restos de un avión estrellado en el fondo del valle. Seguramente una avioneta pequeña y por lo que se puede ver desde aquí, un artefacto bastante antiguo.

-Tendremos que conformarnos con esa suposición.- Dijo Dennis.- ¡Ni pensar de acercarnos a comprobar lo que dices! Está demasiado lejos y profundo.

Los demás asintieron y luego todos regresaron al rellano donde se hallaban Martin con las hermanas, quienes ya se estaban aprestando para seguir la marcha.

-Ya pongámonos en camino.- Expresó Dennis con entusiasmo.-Nuestro objetivo está a un par de horas de distancia.

En ese momento se oyó un ruido sordo que circulaba por los valles y que de inmediato reconocieron.

-Es un helicóptero. Quizás el chino que ya nos detectó.- Dijo Jack.- ¿Lo llegan a ver?

-Allá, al oeste.- Gritó Martín.- Ahora quedó tras la cumbre de ese cerro...pero allí reaparece.

Efectivamente todos pudieron visualizar la máquina sobre todo por el resplandor de la luz solar sobre el fuselaje.

-¿Nos habrán visto?

-No lo puedo saber. Si no lo hizo ya, que lo haga después dependerá de cómo maniobre.

Como respondiendo al comentario la aeronave giró a 90 grados con lo cual el sonido cambió a una frecuencia más grave por efecto Doppler-Fizeau.

-Se está alejando- Exclamó Debbie con un tono de alivio.

-No hay duda de que están sobre nuestra pista, pero por ahora nos buscan por otro lado

-En marcha, pues.- Reiteró Dennis.

El trayecto se complicaba por los riscos que aparecían en el camino ascendente y que les obligaban a zigzaguear permanentemente y escalar peligrosos tramos en los cuales a sus espaldas sólo había un abismo. Cada vez que llegaban todos a una angosta franja de roca horizontal aprovechaban para recuperar el aliento, que a esas alturas era jadeante por el enrarecimiento del aire.

-Faltan cien metros en sentido vertical para llegar a la cima.- Dijo Jack.

-Por allí.- Exclamó Selma señalando un punto situado del lado opuesto de la montaña; todos miraron en esa dirección y vieron que curiosamente el sitio estaba a menor altitud que aquel en que se encontraban.

- Déjenme ir a mí a explorar.- Expresó Dieter, que era el que más entrenamiento de montaña tenía por sus excursiones en los Alpes del sur de Alemania. Se alejó y desapareció de la vista tras un recodo de la ladera. Una tensa espera siguió ya que los viajeros estaban suspendidos en una angosta franja de roca y el viento comenzaba a soplar del este, poniendo en peligro su precario equilibrio. Al cabo de un tiempo agónicamente largo Dieter reapareció tras el recodo e hizo señas a los demás para que lo siguieran. Por fortuna, una vez superado el amenazante recodo el sendero se ensanchaba a la vez que descendía de modo que el trabajo de caminata se hacía más aliviado.

-Hay algo más adelante, que puede ser la entrada a una cueva.- Adelantó Dieter.

Otros doscientos pasos más allá un oscuro sector en la ladera marcaba lo que podía ser una entrada frente a un rellano al que por fin todos pudieron acceder. Una corriente de aire fresco brotaba del sitio.

-Esto es definitivamente un acceso a una cueva.- Dijo el alemán, que siempre lideraba la marcha.- Me introduciré y les haré saber si debemos ingresar en ella.

Los restantes expedicionarios se sentaron en torno a la entrada de la presunta cueva y aprovecharon el tiempo para descansar y rehidratarse, sin pronunciar palabra para salvar el aliento. Al cabo de un cuarto de hora el explorador reapareció una vez más y dijo.

-Esta es una abertura escabrosa a un sistema de cavernas, cuya entrada principal debe estar en otra parte. Definitivamente debemos entrar. Una vez superado el primer tramo y llegados al túnel el trayecto será más aliviado.

Avanzaban en la profunda oscuridad, solo quebrada por la linterna de Jack, que ahora había tomado la delantera. Aunque todos cargaban con una linterna, se abstenían de usarlas al mismo tiempo para ahorrar baterías. A medida de que descendían el túnel se iba efectivamente tornando más amplio y alto, permitiendo que también Jack y Dennis, ambos de alta talla, pudieran caminar erguidos.

-*Herr Direktor*. Ya estamos frente al sitio previsto. Ya hemos visualizado la entrada a la cueva. Nos estamos aprestando para entrar.

-Bien. ¿Han visto alguna señal de Berglund y los suyos?

-Más abajo hemos encontrado señales de un campamento y huellas de varios vehículos, quizás tres.

Wildau hizo un momento de silencio y luego formuló la pregunta que venía reservando.

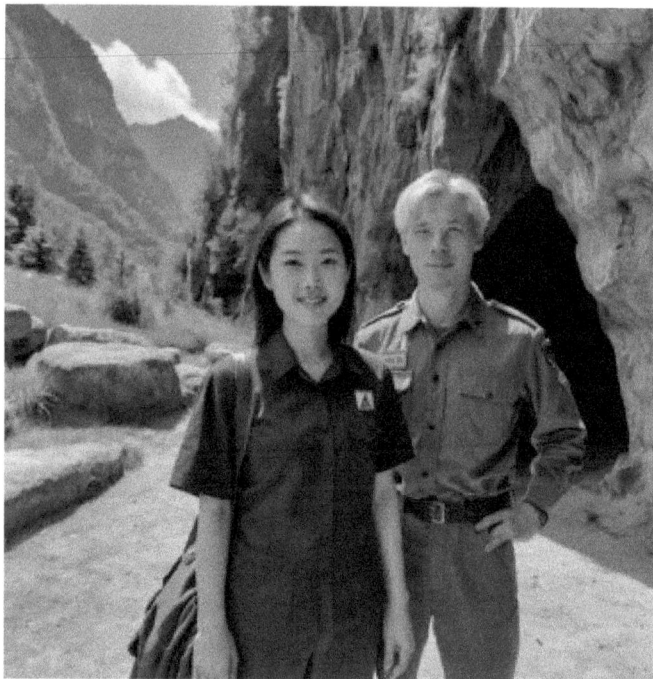

¿Si este es realmente el sitio, no hay problemas de que entremos con los chinos?

-Entra con toda la tropa. A partir de un momento que tú mismo deberás determinar seguirás sólo con la oficial... ¿Cuál es su nombre?

-Liu, Liu Daiyu.

-Liu. Dime ¿Qué tal es ella?

-Muy eficiente.

-¿Y qué tal luce? Tú sabes, mi secretaria Gerda, que conoce tu fama de Casanova está celosa. No puede concebir que prefieras a una china antes que a una aria.

Wildau se sonrojó, alegrándose que su superior no pudiera verlo. El tema no era la fama de mujeriego que tenía, que era bien conocida por el Director, sino el hecho que el mismo conociera su relación-en realidad puramente sexual- con Gerda Schmiddel.

-Es muy bonita.- Concedió y cambió el tema.-Ya estamos prontos a partir

-Mantenme informado.- Finalizó el superior antes de cortar la comunicación.

Wildau se acercó a Daiyu y sus hombres, que estaban verificando el estado de sus armas; el alemán extrajo su pistola Glock de la cartuchera e hizo su propia verificación. Luego miró a la mujer y dijo escuetamente.

-Vamos entonces. A partir de un cierto punto seguiremos sólo tú y yo.

-Sí, también yo he recibido instrucciones.

Wildau se preguntó cómo era posible que el Director compartiera decisiones sobre un tema tan sensible con militares chinos. Sacudió la cabeza, sabía que había cosas a las que jamás tendría acceso, tales como la vinculación entre los herederos del Tercer Reich y sectores del Ejército Popular Chino.

Luego de explorar varios túneles laterales que terminaban en muros de piedra siguieron por el pasillo principal que se iba ensanchando por momentos; el aire era fresco, como si por algún sitio tuviera orificios por los que se pudiera renovar. Jack permanecía al frente y los que marchaban en pos también habían encendido sus lámparas con el objeto de recorrer las paredes y recovecos del corredor para evitar que posibles objetos de interés pasaran desapercibidos.

En un momento Jack se detuvo y a medida que los restantes caminantes se le aproximaban veían la razón de su perplejidad. Dos túneles igualmente amplios se abrían a izquierda y derecha e iluminados cada uno de ellos por las linternas parecían también igualmente profundos.

-No sé por cual seguir.- Expresó Jack en voz baja a Dennis que se hallaba a su lado.

-Sea lo que sea debemos tomar una decisión. No podemos dividirnos para explorar ambos pues podríamos quedar aislados en el vientre de la montaña y no reencontrarnos jamás.

En ese momento el resto del contingente se unió a ellos e imprevistamente Selma se adelantó entrando por el pasillo que se abría a la derecha.

-Por aquí. Este es el camino.- Dijo con seguridad sin mirar si los demás la seguían.

-¡Espera Selma! No vayas sola.- Gritó Debbie lanzándose en pos de su hermana. El resto del grupo no tuvo más remedio que seguir a las mujeres para evitar quedar divididos, de modo que la joven determinó el rumbo a seguir de toda la expedición basada en su intuición, sin dejar lugar a evaluaciones ni vacilaciones.

-Espero que el pálpito de tu hermana sea correcto también esta vez.- Susurró Dennis en el oído de Deborah.

-Hasta ahora no ha fallado y nos ha sacado de varios apuros. De todas maneras ¿Tienes alguna mejor idea?—Contestó en tono desafiante, por lo que el hombre optó por no contestar.

Capítulo 28

Wildau y Daiyu encabezaban el pelotón que avanzaba por el angosto túnel. En un momento determinado uno de los soldados apuntó con su lámpara al suelo y exclamó algo en chino. La mujer se agachó y recogió un pequeño cilindro del suelo.

-Mira esto Hans.- Dijo exhibiendo en su mano una batería de linterna.

-Es evidente que fue abandonada recientemente.- Contestó el alemán.- Estamos por la buena senda. Dile a tus hombres que apresten sus armas, podemos toparnos con el grupo al que seguimos.

-Recuerda que abajo no había vehículos. Si estuvieron aquí ya se fueron.

-Estamos en las coordenadas que mi jefe nos indicó. El dato es de buena fuente, estén ellos en este momento en esta caverna o no, estamos siguiendo sus pasos de cerca.- Wildau estaba obviamente excitado. Aunque el Director jamás le había manifestado explícitamente que era lo que estaban buscando sabía que se trataba de uno de los grandes secretos de los últimos sesenta o setenta años. Wildau no estaba sólo movido por el afán de éxito y recompensa que un hallazgo de esa naturaleza podía generarle, sino sobre todo por servir a lo que consideraba su causa. El contingente militar prosiguió su camino extremando las precauciones y observando el más estricto silencio.

Gerda Schmiddel golpeó la pesada puerta con sus nudillos y entró en la amplia oficina.

-*Herr Direktor*, tiene una llamada en la sala privada.

-Gracias Gerda. Retén cualquier otra llamada y cancela las citas durante la próxima media hora.

El hombre se puso de pie, tomó una tablet que se hallaba en el escritorio y luego de un momento de hesitación la dejó nuevamente en su sitio y tomó en cambio un anotador de papel. Aunque dominaba la tecnología del momento el Director confiaba los temas importantes a los medios tradicionales. Se dirigió a la pequeña sala reservada y levantó el tubo del teléfono. Luego de los saludos protocolares entró directamente en tema ya que sabía que su interlocutor apreciaba la concisión.

- Ya mi gente se halla en el sitio cuyas coordenadas informó Berglund a sus superiores de Bluthund. Estoy expectante y con grandes esperanzas.

-Espero que estés en lo cierto Helmut. Sabes bien la importancia del dato de la ubicación de ese sitio. Hemos perdido esa información hace más de cincuenta años, cuando el avión que traía a von Schirach y su lugarteniente se estrelló en algún sitio perdido en el Himalaya llevándose el secreto con ellos.

-¿Cómo fue que no enviaron el dato por algún otro medio, como *backup*? Un dato semejante no se puede confiar a un sólo emisario, un cierto grado de redundancia es imprescindible.

-Sabes que los medios de comunicación en esa época eran más precarios que los actuales. Además, la información debía ser guardada con el máximo secreto, lo que implicaba que sólo muy pocas personas podían tener acceso a ella. Por otro lado, es cierto que los protocolos de manejo de información han evolucionado desde entonces, pero lamentablemente esa es la real situación ahora.

-¿Qué más sabemos del sitio?

-Sólo la ubicación en términos muy generales en esa zona del Tíbet. Sabemos por las ultimas comunicaciones de von Schirach que el sistema de cavernas tiene varias entradas aunque él no las llegó a explorar todas.

-No entiendo por qué se llevó esa carga tan valiosa a esa zona remota del planeta.

- Tú conoces las teorías del origen de la raza aria en la ciudad subterránea de Agartha y su entorno. Las instrucciones que habían dejado los máximos líderes eran de retornar a las fuentes.

Mientras avanzaba al frente del grupo Jack sintió que una leve corriente de aire rozaba su mejilla. Por las experiencias anteriores ya sabía que esto hacía presumir la existencia de aberturas en la montaña delante de ellos conectadas de alguna manera con el túnel por el que caminaban. El dedo de luz de su linterna le indicó que adelante el sendero torcía hacia la izquierda de modo que a su frente sólo había un muro de piedra. Al llegar al recodo a la brisa se le sumó un sentido de frescura en la piel del rostro y de las manos. Cuando dirigió el haz de luz en la nueva dirección una exhalación salió de su boca.

-¿Qué ocurre Jack?-Preguntó Dennis que lo seguía. El aludido apuntó con su dedo índice hacia el frente.

Un reflejo de agua se percibía delante de ellos en un súbito ensanchamiento del camino que desembocaba finalmente en el amplio estanque cubierto en su totalidad por el líquido. Solamente por un costado una serie de piedras emergentes de las aguas avanzaba en ellas pero no se podía determinar a priori si llegaba hasta el otro extremo del lago, que apenas se discernía en la oscuridad reinante. El volumen de agua oscura proyectaba una imagen un tanto siniestra que ejercía un efecto psicológico depresivo en los exploradores a medida que iban llegando.

-Este agua debe filtrar desde el exterior por algún sitio.- La voz de Dennis sobresaltó a su compañero.- No es imposible que haya otra entrada a este túnel por detrás del lago.

-Vamos a intentar sortearlo caminando con las rocas.- respondió Jack.-Veremos si llegan hasta el otro lado. Lo haremos de a uno para evitar sorpresas.

Dicho esto se quitó la mochila de su espalda y se la tendió a Dennis.

-Ten, voy a tratar de caminar por el borde hasta la otra orilla y luego regresaré de modo de probar si es factible llegar con seguridad.

Mientras tanto los demás viajeros habían llegado a la orilla del lago y contemplaban con asombro el inesperado espectáculo. La última en aproximarse fue Selma, quien desde el primer momento se mostró desasosegada ante la oscura superficie de las aguas; su hermana, advirtiendo su estado, la tomó del brazo intentando apartarla diciéndole.

-Ahora vamos a intentar cruzar al otro lado, pero si tú no quieres ir nos quedaremos las dos aquí, esperando el regreso de los demás.

La muchacha exclamó angustiada apuntando al interior del lago.

-¡No, no! Es allí donde hay que ir.

-¿Quieres decir al fondo del agua?

Selma asintió con la cabeza y agregó.

-Sé que suena bizarro, pero tengo una intuición muy fuerte. Hay que buscar allí abajo.

Todos miraron a la muchacha con bastante desconcierto, no deseando contradecirla en voz alta; finalmente Dieter expresó el sentimiento general.

-¿Quieres decir que lo que estamos buscando está en el fondo de este lago? Te das cuenta que es bastante improbable.

-No sé cómo se puede explicar.- Contestó Selma.- Sólo siento una fuerte atracción hasta este sitio.

El silencio se extendió en el grupo ya que en este caso seguir las intuiciones de la joven entrañaba un peligro concreto; luego súbitamente Martín exclamó.

-Me ofrezco a explorar el interior del lago. Soy buen nadador y buceador y tengo gran capacidad para retener el aire.

-Te expones a un peligro desconocido.- Arguyó Jack. El pozo puede ser muy profundo y está totalmente oscuro.

-Hasta el momento las visiones de Selma han resultado acertadas.- respondió el muchacho.- La única forma de comprobar la veracidad esta vez es sumergirse.

Viendo que su pariente estaba decidido Dennis tomó parte en el debate.

-Tengo una linterna a prueba de agua y tú Jack tienes una cuerda muy larga. La ataremos a su cintura.- Luego advirtió.- Pero Martín, cuando llegues al final de la soga te vuelves. ¿Me has entendido?

El joven se quitó a ropa quedando sólo cubierto por los calzoncillos. Se ató la soga de acuerdo con el pedido de su pariente y se aprestaba a sumergirse en el agua cuando repentinamente Selma se abalanzó sobre él, lo rodeó con sus brazos y en puntas de pie lo besó en la boca.

-¡Vaya! Parece que tu hermana tiene remordimientos por haber sido la de la idea.- Musitó Dennis al oído de su novia.

-Más bien creo que venció su inhibición e hizo lo que hace rato quería hacer en público.- Luego se dirigió a Selma y le dijo.-Ya es suficiente, déjalo zambullirse antes de que cambie de idea.

Martín metió un pie dentro del agua para sentir su temperatura. Un escalofrío recorrió su cuerpo; sin embargo sin pensarlo más se arrojó en el oscuro líquido.

El agua gélida a la vez limitaba los movimientos del nadador y lo hacía moverse más enérgicamente para vencer el entumecimiento. El dedo de luz de la linterna le iba marcando en su descenso el contorno rocoso del pozo y las profundidades abisales del suelo. Martín estuvo unos momentos tratando de orientarse y al no lograrlo decidió regresar a la superficie para volver a inhalar aire. Para su desesperación comprobó que no hallaba el camino de retorno al aire y ya los pulmones le reventaban de la opresión. Con un último rayo de lucidez creyó ver la luz de la salida a un costado y hacia allí nadó con denuedo.

Cuando su cabeza emergió a la oscura cavidad sobre el nivel del agua estaba ya casi inconsciente. Atinó a apoyar un pie en una protuberancia pétrea y afirmarse allí. Le extrañó la ausencia de luz y de ruidos en el espacio, ya que hubiera imaginado hallar a sus amigos esperándole. Recogió la linterna atada a su cintura. Se hallaba apagada pero por fortuna sacudiéndola un poco logró volver a encenderla. Al dirigir el rayo de luz en todas direcciones encontró con asombro que no se hallaba en el mismo sitio donde se había sumergido, sino en un recinto muy amplio del cual la linterna no llegaba a iluminar el final. Por lo demás, se encontraba sólo en el sitio y no lograba oír ningún sonido salvo los producidos por él mismo al emerger. Laboriosamente salió del agua encontrando un suelo de roca cubierto de arena. El contacto con el aire frío le hizo estornudar y temblar mientras le castañeteaban los dientes. Realizó varios flexiones para poner nuevamente en circulación la sangre, y luego dio unos pasos guiándose por la luz. Pronto se percató de que delante de él había un vasto recinto de piedra y hacia allí dirigió el haz de luz.

La escena que se abrió frente a sus ojos dejó a Martín petrificado de asombro.

Capítulo 29

Selma caminaba por el perímetro de la laguna presa de un creciente nerviosismo. Los demás estaban también expectantes por la tardanza de Martín pero trataban de controlar su ansiedad para no mortificar aún más a la joven. En un momento la muchacha emitió una serie de sollozos y finalmente un grito. Dennis tiró de la cuerda que habían atado a la cintura de Martín para mantener un contacto físico con él y advirtió con desesperación que la soga estaba suelta y podía recogerla sin esfuerzo; al llegar a izarla totalmente los viajeros pudieron comprobar que el extremo estaba deshilachado.

-La cuerda está cortada, seguramente por el rozamiento contra la roca.- Musito en voz contenida Dennis. La desesperanza comenzó a invadir a los compañeros del joven ausente.

-Jamás debí permitir que se metiera en ese pozo oscuro.- Agregó Dennis con voz lastimera.

-De nada vale culparte.- Contestó Jack poniendo una mano en el hombro de su camarada. Iba a agregar algo más cuando se oyó un nuevo grito de Selma. Todos se volvieron hacia ella y se sorprendieron de ver el gesto de su rostro.

-¡Pudo salir del agua!- Dijo la muchacha con los ojos brillantes.

-¿Pero dónde? ¿De qué hablas?- Contestó preocupada su hermana.

-No lo sé, pero se halla en un sitio grande y oscuro. Sólo sé que siente frío, mucho frío.

Uno de los soldados exhaló una exclamación en chino, mientras alumbraba con su lámpara la pared lateral del túnel. Fijada a la misma había un objeto metálico encastrado entre las grietas de la piedra. Wildau se acercó y dijo a Daiyu.

-Es un gancho para colgar faroles antiguos, de los que funcionaban con kerosene u otros derivados del petróleo. No cabe duda que estamos en la buena senda. Sea que Berglund y los suyos estén delante nuestro o no estamos en el sitio correcto. La mujer lo miró en el rostro y quedó impresionada del brillo que desprendían sus ojos.

Guiado por la tenue luz de la linterna, cuya batería estaba ya evidentemente cerca de quedar agotada, Martín recorrió el interior de la estancia. De momento no pudo entender bien que era lo que emitía esos reflejos metálicos pero intentó grabarlo bien en su memoria para poder transmitirlo a sus amigos, en el caso de que pudiera volver a encontrarlos.

Dirigió la luz nuevamente al pozo de agua del cual había emergido y apenas pudo vencer el terror que le producía la idea de volver a zambullirse en él para regresar. Caminó unos pasos y pronto sintió en su cara una leve corriente de aire frío. A pesar de que estaba luchando contra el congelamiento la brisa le pareció un buen augurio, ya que como había aprendido en las anteriores experiencias en cavernas durante el largo viaje, eventualmente conduciría a una salida al exterior de la montaña. Caminó otros cien pasos siguiendo la corriente de aire y de pronto constató que el túnel terminaba abruptamente en un caos de rocas sueltas que no pudo apartar con sus manos. Evidentemente un derrumbe había cortado el curso del pasaje en algún momento indeterminable. Exhaló un quejido lastimero al evaluar su situación, perdido en las entrañas de la montaña, separado de sus amigos y completamente desnudo. En ese momento la batería de la lámpara gastó totalmente su carga y Martín quedó a oscuras. Apoyó su cabeza en la pared de piedra y lloró amargamente. Poco a poco la serenidad retornó a su espíritu y dentro de él se generó la decisión de no dejarse sobrellevar por la situación y hacerse cargo de su destino.

En un momento levantó la cabeza y visualizó algo que no podía precisar; se restregó los ojos y volvió a observar el techo del túnel; una estrella aparecía como pintada en un cielo negro. Esperando que la abertura a través de la que se filtraba la solitaria luz fuera suficientemente amplia para permitir pasar por ella y sin esperar un instante acometió la pared casi vertical de roca para poder escalar y salir de su encierro mineral; en su ascenso no prestó atención a las innumerables lastimaduras que la piedra producía en su piel desnuda y sujetándose con piernas y brazos logró emerger finalmente a la ladera de la montaña. El aire helado lo azotó y el estar expuesto a su acción se le hizo insoportable pero de inmediato se introdujo en un recoveco a esperar la salida del sol. Medité que el costado de la montaña en que se hallaba miraba a oriente, de modo que con las primeras luces del alba los rayos del sol calentarían su cuerpo; lo esencial era durar hasta entonces.

A pesar del frío externo un cierto orgullo calentaba su interior. Haber podido superar el encierro en el pozo había sido en primer término una conquista del coraje y el empeño sobre las circunstancias adversas. Aunque Martín no era aún consciente de la transformación, un niño se había arrojado en las aguas de la laguna, pero un hombre había salido de su encierro.

Además, había salido dueño de un conocimiento tan abrumador como bizarro.

A PESAR DE LA FATIGA Hans Wildau y Liu Daiyu avanzaban casi corriendo por el interior del largo túnel. Obedeciendo a las instrucciones del Director, habían dejado al resto de la tropa de soldados atrás, con la consigna de esperarlos en una especie de amplia recámara formada por la acción de aguas remotas en el pasadizo. La certeza de estarse acercándose a la meta había activado la recomendación de confidencialidad del jefe y además era evidente que la expedición organizada por Bluthund ya no se hallaba en el túnel, de modo que no constituía un peligro armado para el cual hiciesen falta los soldados. Lo que fueran a hallar era solo para los ojos del alemán y la capitán china, que por lo visto contaba con la aprobación del Director. Delante de ellos se hallaba el enésimo recodo del túnel y la expectativa de Wildau era encontrarse en cualquier momento con el objeto de sus desvelos, cualquiera fuese su naturaleza, pero sin duda algo determinante para la perdurabilidad del Tercer Reich y su eventual transformación en un Cuarto Reich propio del siglo XXI.

El hallazgo que se ocultaba tras el recodo resultó abrumador; un desmoronamiento había creado un muro de rocas impenetrable. Wildau masculló una maldición y golpeó el muro de piedra con su puño. Sus sueños de gloria se desplomaron en un instante y cayó de rodillas en el suelo de la pequeña cámara que se hallaba frente al muro. Apenada al ver la reacción del hombre y procediendo en una forma que la sorprendió a sí misma, Daiyu se arrodilló junto a él y tomó su cabeza entre sus brazos. Así, en el suelo de un pasillo en las entrañas de una montaña perdida en el Tíbet y consolado por una mujer china, el fiero guerrero de la raza aria prorrumpió en llanto.

Luego de un prolongado rato en esa posición, Daiyu acercó sus labios a los del hombre y se unieron en un beso prolongado, producido no sólo por el deseo sexual sino por un sentimiento que ninguno de ellos había experimentado antes. En un sitio extremadamente poco receptivo y en medio de una profunda decepción, en vez del legado de los nazis Hans Wildau encontró el amor.

Ambos permanecieron abrazados a la luz mortecina de la lámpara y Daiyu se dispuso a ponerse de pie. Al hacerlo su pie tropezó con algo que estaba enterrado en el suelo arenoso poniéndolo al descubierto. Con curiosidad la mujer lo levantó y expuso a la luz de la linterna.

- Es un hueso.- Dijo Wildau.- Posiblemente craneano.

-Pero es muy grueso.- respondió la mujer.-Parece el de un oso.

Los recuerdos de relatos de expediciones al Tíbet oídas en su niñez retornaron a la mente del alemán.

-Mira.- Dijo Daiyu.- Aquí la arena del suelo está revuelta. Es obvio que han excavado. Observa esto, otro trozo de hueso. Esto lo han hecho seguramente Berglund y su gente.

Wildau sacudió la cabeza como para despejar sus ideas. Después de todo quizás no saldrían de la cueva con las manos vacías.

Todos lucían desolados. Dennis se había sumergido en el lago interno y había buceado hasta donde sus fuerzas lo habían permitido pero no había hallado rastros de su pariente y emergió aterido de frío. La información desconcertó a los miembros de la expedición, con la extraña excepción de Selma que parecía relativamente tranquila. Finalmente Jack tomó la decisión.

-No tiene caso seguir desesperados aquí en este ambiente funesto. Vamos a volver al campamento en el exterior de la caverna, allí pensaremos con la cabeza fresca y planearemos regresar a esta laguna trayendo medios para atravesarla.

-¿Hay alguna balsa inflable en los camiones?

-Sí, tenemos una pequeña. La hipótesis de atravesar un curso de agua había sido analizada cuando realizamos los preparativos de la expedición.

-Esperemos para salir al exterior con las luces del alba. -Añadió Dieter.- Tenemos que descender la ladera y no tiene sentido correr el riesgo de caernos en la oscuridad.

La decisión tomada por consenso fue pues volver a la boca de la cueva y esperar allí la madrugada.

-¿ME DICES QUE EN LA cueva había rastros de actividad reciente?- El Director había recibido en silencio la exposición que por la línea telefónica segura había realizado Wildau sobre el hallazgo en el sitio cuyas coordenadas le había proporcionado. Haciéndose cargo del desaliento del subordinado por la frustrada búsqueda, el Director había reaccionado en forma pragmática y trataba de reconstruir lo ocurrido para tomar decisiones.

-Sí. El suelo de la cámara rocosa había sido revuelto y aún excavado, sin duda en fecha reciente.

-¿Dices que me has enviado fotos de los huesos hallados?

-Sí. búsquelos en su celular, Debería haberlos recibido ya.

-Aguarda un instante.

El jefe caminó a su oficina principal, donde se hallaba el teléfono móvil y constató la recepción de las fotografías. Se tomó un tiempo para observarlas y luego retornó a la sala reservada y continuó la conversación con su subordinado.

-Bien, pudiera ser que las teorías que motivaron la expedición Schaffer al Tíbet en 1938 no fueran tan disparatadas después de todo. ¿Has cargado esos huesos?

-Sí. Los tengo conmigo. En total son siete piezas. No creo que ya haya más pues con Dai...con la capitán Liu hemos buscado exhaustivamente.

-De acuerdo. Escucha. Es obvio que la expedición Bluthund ha encontrado lo mismo que tú y que nos llevan ventaja. Pero no han dado por finalizada su búsqueda pues en caso contrario yo ya me hubiera enterado por mis contactos, de modo que deben tener otra pista. Voy a pedir a mis amigos chinos que extremen la vigilancia de la zona desde el aire y los vuelvan a localizar. La zona del rastreo es limitada y confío en que los encuentren. Espera mi llamado. Mientras tanto puedes buscar tú mismo por los alrededores...con tu capitán china, quiero decir.

Wildau creyó percibir un desacostumbrado aire de sorna en su superior.

Las primeras luces de la mañana ya habían despuntado. Los viajeros ya habían llegado al campamento, y tras tomar un breve descanso habían preparado el equipo para iniciar una segunda travesía debidamente preparados para atravesar el lago. Ya estaban prontos a ponerse en marcha cuando los guías tibetanos comenzaron a dar a hablar excitadamente señalando la ladera de la montaña. Dennis estaba hablando con Jack y Debbie cuando oyeron el rumor.

-¿Has marcado debidamente en el mapa...? ¿Pero qué demonios sucede?

Deborah se sobresaltó al ver a su hermana correr hacia la base de la montaña.

-Espera Selma. ¿Dónde...? ¡Oh, Dios!

Todos estaban con la vista clavada en la ladera por la cual descendía dificultosamente una figura humana. Un formidable Hurra surgió de todas las gargantas al unísono.

Cuando todos los miembros de la expedición llegaron al sitio Selma se hallaba abrazada a un Martín completamente desnudo y con su piel cubierta de llagas sangrantes y con un aspecto débil pero sonriente. Dennis fue el primero en llegar y al tocar la piel de su pariente gritó.

-¡Está helado! Pronto, tenemos que evitar la hipotermia. A pesar de que ya ha despuntado el sol la mañana está gélida. Enciendan un fuego grande y preparen mantas y un té caliente.

Los guías tibetanos habían traído una camilla desarmable en la que depositaron a Martín y de inmediato la comitiva regresó al campamento y sus integrantes se aproximaron al fuego que habían efectivamente encendido. Aún antes de curar las heridas en el cuerpo del joven procedieron a frotar enérgicamente su piel para restablecer la circulación sanguínea y envolverlo luego en frazadas y mantenerlo cerca de la fogata.

AL REGRESAR A SU PROPIO campamento con el resto de la tropa Liu Daiyu y Wildau se dirigieron directamente a la tienda de la mujer. Ambos estaban infatuados con los sentimientos recíprocos que se habían manifestado en la caverna, en un momento en que la frustración había bajado la coraza que normalmente revestía a ambos guerreros. Dichos sentimiento eran una experiencia desconocida para los dos y en realidad debían aprender cómo manejarla. Hans Wildau era consciente que debían preparar el próximo paso para cuando recibiera instrucciones de su jefe, pero por primera vez en su vida decidió postergar sus obligaciones para atender a sus sentimientos. En todo el día los amantes no salieron de su tienda, generando sonrisas y breves comentarios de los soldados chinos.

La noche había caído y ya era notorio el mejoramiento de la condición física de Martín. Selma había permanecido todo el día en la tienda dando calor con su cuerpo tendido al lado de la bolsa de dormir del joven. Finalmente ambos emergieron de la tienda y se acercaron al fuego en torno al que ya estaban reunidos los demás camaradas. Las frases de todos fueron de cálida recepción al muchacho. Luego de cenar

Dennis le preguntó si se sentía en condiciones de narrar lo ocurrido. Martín fue lentamente intentando organizar sus memorias parciales y un tanto inconexas.

-¿Dices que en el lago existe otra salida a la superficie?-Preguntó Dennis.- Yo no la vi cuando me sumergí en tu busca.

-La encontré por casualidad cuando ya no me quedaba más aire...fue una especie de tabla de salvación. Estaba aterrado y desorientado y debí recorrer un buen trecho bajo el agua.

-¿Puedes describir lo que hallaste en esa especie de recinto al que saliste?- Jack hacía ahora las preguntas.

-La luz de mi linterna era débil y finalmente la batería se agotó. Lo que pude vislumbrar era una sala amplia, muy amplia, de piso y paredes planos y con un techo bastante alto. El único objeto que llegué a distinguir en el interior antes de que se terminara la luz fue una especie de...sarcófago o algo así.

La afirmación produjo estupor en los oyentes.

-¿Parecido a los de las momias en las pirámides de Egipto?-Preguntó Debbie.

-No, más bien a los que vi en un documental sobre las tumbas de los antiguos reyes de España en el Monasterio de El Escorial, cerca de Madrid. Una especie de construcción monumental y fastuosa.

-¿Hechas en mármol?

-Quizás parcialmente pero tenían además partes metálicas. Recuerdo el brillo reflejado a la luz de la linterna. Tengan presente que todo lo pude ver en forma muy fugaz.

El comentario con la extraña comparación con tumbas imperiales produjo perplejidad a la vez que excitación entre los presentes. La tarde ya había caído y todos estaban cansados de modo que Jack concluyó.

-Mañana vamos a tomarnos un día de descanso y realizaremos los preparativos. ¿Crees que estarás en condiciones de unirte a nosotros?- Preguntó dirigiéndose a Martín.

-Espero que sí. Quiero poder determinar qué fue lo que realmente vi.

Habían transportado todo el equipo al túnel y lo habían llevado hasta el borde de la laguna. Allí terminaron de inflar la balsa y la arrojaron a las oscuras aguas. Jack, Dennis y Dieter subieron a bordo con parte de ese equipo y cuando se alejaban el primero gritó a los restantes viajeros.

-Vamos a explorar el otro lado de la laguna y si todo marcha bien volveremos a buscarlos. Calculo que en dos viajes más podremos cruzar todos.

A partir de ese momento comenzó una larga espera para los que permanecían en la orilla. Ya estaban habituados a estos períodos de calma que obraban como anti-clímax entre otros de intensa actividad.

Un par de horas habían pasado y finalmente vieron que la balsa regresaba surgiendo de la oscuridad de la laguna. Les extrañó que los tres hombres vinieran a bordo, y no sólo Dieter, como habían convenido.

-¿Qué ocurrió? ¿Por qué están de vuelta?- Preguntó Debbie.

-El túnel al otro lado de la laguna se halla completamente bloqueado por escombros.- Contestó Dennis mientras se bajaba de la balsa y caminaba por el agua.

-Tal parece que todos los pasillos de la montaña están obturados por derrumbes.- Comentó Martín.

-No es de extrañar. Tíbet sufre frecuentes terremotos muy destructivos, de magnitud 7 en la escala de Richter o aún superiores. En particular en 1950 y en 2015 hubo dos sismos con miles de víctimas. Los Montes Himalaya son montañas jóvenes surgidas de movimientos entre placas tectónicas asiáticas y de la India y están en pleno crecimiento, por supuesto en períodos geológicos extensos. Es por esa juventud que son las cordilleras más altas del mundo.

-¿Este es el fin de nuestra búsqueda?- Preguntó Maggie.

-Por supuesto que no. Nos queda la carta de entrar directamente al recinto donde estuvo Martín por la salida que el usó para llegar al exterior. ¿Es un camino practicable?-Preguntó dirigiéndose al muchacho.

-Sí, es una salida a bastante altura y hay que ascender una pared con una pendiente un poco abrupta, pero no es nada que no hayamos hecho ya.

-¿Podremos ir todos?

-Con cuidado calculo que sí. Ya estamos entrenados en este tipo de montañismo.

Con ese propósito desanduvieron sus pasos hasta llegar al exterior de la montaña. Allí descansaron un rato mientras Martín buscaba en la ladera el camino por el que había descendido el día anterior. Una vez que hubo ubicado el sendero apenas delineado entre las rocas regresó con sus camaradas; en ese momento se oyó un zumbido que ya les resultaba familiar. Todos atisbaron al cielo en busca de la fuente del sonido, y fue finalmente Maggie quien la divisó. Tal como presumían se trataba efectivamente de un helicóptero que sobrevolaba cumbres cercanas hasta que finalmente desapareció tras las mismas.

-¿Creen que nos habrá visto?- Preguntó Selma.

-Espero que no. Pero no nos hagamos ilusiones. Sólo puede ser un aparato chino de quienes ya sabemos por experiencia que están en permanentemente en nuestra búsqueda.- Contestó sombríamente Jack.- Si no conseguimos terminar nuestra búsqueda y salir de esta zona pronto es sólo cuestión de tiempo que nos encuentren.

El teléfono satelital sonó y Wildau se apresuró a atender la llamada, sabiendo quién era el único que podía llamar. Salió de la tienda para hablar con libertad provisto de un anotador y un lápiz. Regresó al cabo de unos minutos y depositó todo sobre su mochila.

-Y bien.-Preguntó Daiyu.

-Era mi jefe. Los tuyos localizaron a Berglund y su gente. Ya tengo las coordenadas.

Capítulo 30

El ascenso fue más dificultoso que lo previsto. En efecto, Martín había realizado el mismo trayecto dos días antes en un estado casi delirante, pero en sentido descendente, por lo que recorrerlo en sentido inverso consumía mucha más energía. Finalmente arribaron a una brecha en la roca que el joven identificó como su lugar de salida; nuevamente a la luz del día pudo comprobar lo relativo de sus recuerdos ya que según ellos la entrada era más amplia de lo que en definitiva resultó.

Una vez dentro del pasadizo la tarea del grupo se hizo más fácil, ya que esta vez el sentido era descendente y lo hacían a la luz de varias lámparas, evitándose los daños infligidos en el cuerpo de Martín por las rocas de filosos contornos. También la longitud del pasillo resultó mayor que lo registrado por su memoria pero finalmente arribaron a un sitio donde el túnel se ensanchaba y el techo se alejaba permitiendo a todos caminar incorporados.

-Ya falta poco.- Dijo el joven, que marchaba al frente.

-¿Qué es esto?- Preguntó Jack señalando a un pasillo que se abría lateralmente.

-No nos interesa. Debemos seguir siempre hacia adelante.- Respondió excitado Martín asaltado de pronto por sus recuerdos.- ¡Oh, allí es! Allí está.

En efecto las linternas iluminaron una gran expansión en la roca formando un recinto de considerables dimensiones, aunque no se veía ningún objeto en su interior.

-¡Allí está! Esa es la misma laguna que ya conocen del otro lado.- Exclamó Martín abalanzándose hasta la orilla del oscuro pozo; era obvio que el muchacho se hallaba sometido a violentas emociones.- Por aquí llegué. Esta salida al aire libre me salvó la vida.

Todos pudieron ver la cavidad llena de líquido, de tamaño mucho más reducido que la abertura de la misma laguna que ya conocían situada en el otro túnel.

- De modo que, por el principio de los vasos comunicantes, estamos a la misma altitud que la otra entrada del lago en el sendero que ya conocemos.- Explicó Dennis.

-¿Pero donde está el sarcófago o lo que tú llamaste de ese modo?- Interrogó Jack.

Martín se alejó de la orilla del agua y tras orientarse en el recinto corrió hacia un costado e iluminó con su lámpara y entonces todos lo vieron.

Dieter se acercó como hipnotizado; reaccionó de inmediato y colocándose unos guantes descartables deslizó sus manos sobre la pulida superficie dejando el rastro de su paso en el polvo removido.

Los demás se movieron con lentitud alrededor del bloque marmóreo interrogándolo con sus miradas. Dennis comenzó su trabajo de filmación minuciosa desplazándose lentamente y apartando a los camaradas que interferían en la visual; luego sacó fotos de distintos ángulos y por fin extrajo de un bolsillo un croquis que venía dibujando del túnel en todo su recorrido ya que el GPS no trabajaba en el interior de la montaña por falta de señal satelital; el americano había tomado a su cargo toda la tarea de documentación y geo-localización desde el comienzo de la expedición en la lejana Mongolia, meses atrás. Era el único que se mantenía activo mientras el resto de sus camaradas se hallaban aún en actitud contemplativa.

Deborah y Selma permanecían a una cierta distancia, sintiendo un cierto rechazo instintivo por el recinto y su presunto contenido, mientras Maggie extraía su teléfono celular provisto de grabador y, como era su costumbre, dictaba un informa oral de todo lo hallado.

<<El lugar ha sido diseñado evidentemente como una cripta o mausoleo. >> Dictaba al grabador. << y en su centro se halla un sepulcro de mármol y acero, que ha sido adecuadamente descripto como similar a las tumbas de reyes europeos en El Escorial de España y Roskilde en Dinamarca. La ejecución es imponente pero sobria y no cabe duda que su fin ha sido el de albergar los restos de algún personaje de la máxima jerarquía. El estilo es plenamente europeo, muy distinto a cualquier tumba o monumento asiático y a simple vista no se puede determinar ni el personaje que yace allí ni la época, aunque sin peligro a errar se le puede situar entre los pasados 50 o 100 años. A la vista de la actual disposición de las cavernas es inexplicable que un volumen tan grande haya sido traído a este recinto hundido en forma tan inaccesible en el seno de la montaña. Sólo cabe suponer que fue transportado a través de algún túnel de fácil acceso que luego colapsó total o parcialmente en los grandes sismos frecuentes en esta región. El pasillo por el que veníamos originalmente y que luego encontramos desmoronado podría explicar la ubicación del féretro en este lugar y aún la formación del lago que lo interrumpe puede ser posterior. Sobre la tapa de mármol hay una cruz *swastika* de acero debajo de la cual se lee una leyenda en alemán gótico...Dieter ¿Podrías traducirlo frente al grabador?>>

LA VOZ DEL ALEMÁN REGISTRÓ la enigmática frase <<Para que descanses en el sitio de nuestros antepasados, único digno de ti. >>

Una vez terminado su reporte oral Maggie cortó la grabación y se acercó sigilosamente a Dieter.

-¿Quién piensas que esté allí? ¿Crees lo mismo que yo?

-Pese a mi mismo no puedo pensar en otro personaje que pudiera merecer este entierro ritual.

-Pero...el cadáver hallado en el bunker junto con el de Eva Braun...llevado por los rusos...

-El cuerpo fue quemado con gasolina. Los rusos dieron versiones poco claras de lo ocurrido con los restos, y por fin...tú sabes...siempre ha habido rumores de que fue visto con vida luego del fin de la Segunda Guerra Mundial en Argentina, Paraguay y otros sitios. No existe una versión totalmente libre de sospechas.

En ese momento se acercaron Debbie y Dennis, la primera con rostro preocupado.

-Selma está sumamente inquieta. Este sitio le ha quitado el sosiego por completo.

Sin contestarle Dennis llamó a Martín quien acudió al instante.

-Llévate a Selma y aléjala de este sitio. Vayan de regreso al campamento.- Ante el gesto dubitativo del joven agregó.-Luego te explico.

Una vez retirados los muchachos Dennis preguntó.

-Bien, cuál es su conclusión con respecto a este lugar.

-Sólo podemos pensar de un jerarca nazi de cuyo sitio de enterramiento hay dudas.

-Están hablando del mismo Hitler.

-Así es.

-Y qué me dicen de la historia del suicidio en el bunker de Berlín.

-Siempre hubo dudas y versiones de su supervivencia.- Respondió Maggie.- Pero aún cuando hubiera muerto allí el paradero de su cadáver siempre fue controvertido y no hay datos firmes de dónde se halla.

Jack se había unido a la reunión y había captado las últimas palabras de la inglesa.

-La revelación puede sacudir al mundo.-Dijo.

-¿Por qué?- Preguntó Dennis.- Si de todas maneras ya está muerto.

-Pero todavía es un referente icónico de fanáticos en muchas partes del mundo. Convertir este sitio en una catedral nazi constituiría un revulsivo mundial. Y no olvidemos que nos hallamos en territorio chino. No puedo ni imaginar cuál puede ser la reacción de Pekín en este caso.

-No puedo creer que todo esto sea cierto, y que nosotros estemos involucrados en este tema.-El tono de Debbie mostraba desazón.

-El hecho de que nos estén buscando de por si es sintomático.- Añadió Jack.- Están movilizando medios importantes pertenecientes al Ejército Popular Chino.

-No puedo entender que es lo que tienen en común los nazis y la república Popular China.- Expresó Dennis.

-Lo más probable es que no tengan nada en común.-Contestó Maggie.- Lo que ocurre es que hay bastante corrupción en China, y ciertos jerarcas militares de alto grado tienden a usar los medios que el ejército pone a su disposición en provecho propio. Esto ocurre particularmente en guarniciones alejadas de Pekín y del área productiva de China.

-Aún así. ¿Cuál es el vínculo entre esos jerarcas y los nazis?- Insistió Dennis.

-Con toda probabilidad el dinero.- Dijo la inglesa.

-¿Qué es lo que haremos? No quiero meter a Selma y a mi misma en medio de un operativo nazi. Hay parientes de mis padres que murieron en Dachau.- Las lágrimas rodaban por las mejillas de Debbie.

-Creo que lo mejor es documentar todos nuestros hallazgos y abandonar este lugar lo antes posible.- Dijo Jack.

-¿Te refieres a dar por concluida la expedición?-Preguntó Dieter.

- Sí, pero como un éxito, no como fracaso. Aunque posiblemente nunca se llegue a divulgar lo que hemos hallado. No creo que Bluthund se haya visto involucrada jamás en algo tan grande.

-Y peligroso.- Agregó Dennis.

-¿Pero qué derecho tenemos nosotros de ocultar al mundo una información tan relevante?

-La decisión no la estaremos tomando nosotros sino el Comité Ejecutivo de Bluthund. Allí hay gente muy poderosa de todo el mundo que tiene una panorama amplio sobre las repercusiones que este hallazgo pueda tener, y además de poder tienen la sabiduría para juzgarlo.-Jack hablaba un tono que trasuntaba una cierta emoción.

-Tienes una gran vinculación emocional con Bluthund. Observó Debbie con su habitual perspicacia.

-Es mi segunda patria.- Reconoció Jack.-Lo que por el momento debemos es juramentarnos a no divulgar a nadie lo ocurrido esta tarde en este sitio, ni su ubicación, hasta que podamos contar con las instrucciones de los directivos de Bluthund.

-No olvides que yo pertenezco al MI6, tendré que reportar todas nuestras actividades ante mis jefes. -Argumentó Maggie.

-Es justo. Han sido co-patrocinadores de esta expedición junto con Bluthund.

-Esperemos que no haya conflicto de intereses entre ambas.- Reflexionó sobriamente Dennis.

-Salgamos ahora y no hagamos comentarios a los guías tibetanos. También debemos incluir a Selma y Martín en el pacto de silencio que hemos acordado.

Selma y Martín llegaron al campamento donde solo se hallaban los guía tibetanos limpiando su ropa y preparando su comida. Dos de los hombres empuñaban unos extraños instrumentos de cuerdas con los que producían una melodía continua y cadenciosa. La muchacha ya se había repuesto de la perturbación que los contenidos explícitos y ocultos de la cripta habían producido en su psiquis y ambos venían recorriendo el último tramo llano del camino tomados de la mano; habían intercambiado pocas palabras como si se hubieran puesto de acuerdo en limitar el diálogo a lo imprescindible. Al llegar al campamento en vez de dirigirse a las tiendas o al fuego encendido por los guías Selma condujo al muchacho a unas rocas bajas donde podían sentarse. La noche iba cayendo rápidamente y la luna nueva permitía que el resplandor de miles de estrellas alumbrara con su débil luz el paisaje. Selma levantó la vista mientras Martín seguía su mirada.

-Mira.- Dijo la muchacha apuntando con su dedo índice en dirección vertical sobre sus cabezas.- ¿Ves esa estrella allí arriba?

-Veo una estrella más brillante que las demás. No sé qué estrella será.

-Esa ha sido y será nuestra estrella guía. La estrella de Agartha.

Wildau, Liu Daiyu y sus acompañantes habían finalmente descubierto la entrada de la caverna cuya ubicación había sido proporcionada por los tripulantes del helicóptero del Ejército Popular Chino y se habían lanzado con grandes expectativas a explorarla. A muchos husos horarios de distancia el Director, luego de dar a Gerda Schmiddel la autorización para retirarse debido a la hora avanzada, se había quitado los zapatos y se había acomodado en un espacioso sillón de tres cuerpos a la espera de la llamada de su subordinado, que le producía también a él una ansiedad que no había experimentado en largo tiempo. En efecto, todos los indicios concurrían a sugerir que ya se hallaban cerca de dilucidar el misterio de la ubicación de la gran reliquia, cuyo hallazgo debidamente manejado por el aparato de propaganda con que aún contaban, podría servir para movilizar las energías dormidas en las masas de muchos potenciales seguidores, disconformes con los sistemas de gobierno que predominaban ahora en el mundo basados en la democracia y el capitalismo liberal. Un viejo fuego sagrado que supuestamente provenía de los genes de la raza estaba por resucitar pasiones reprimidas desde el fin de la Segunda Guerra Mundial. Ante todo eso, el Director no quería quedarse dormido en su sillón, aunque su fatigado cuerpo se lo requiriera; así y todo, no pudo vencer el adormecimiento alentado por la absoluta ausencia de sonidos de la sala reservada y la tenue luz cenital que había dejado prendida.

Un campanilleo insistente lo arrancó de su sueño y el sobresalto hizo que sus pies cayeran del sillón. Nervioso se colocó las gafas y se abalanzó sobre el teléfono satelital que se encontraba en la pequeña mesa.

-¡Hola! Sí, dime Hans.

La decepción del anciano fue enorme cuando su acólito le narró el largo recorrido por el túnel, la sorpresa de encontrar un lago delante de ellos interrumpiéndoles el paso, como habían podido vadearlo con pequeños botes inflables, y la frustración final y definitiva al hallar el camino más allá del lago completamente bloqueado por un gran derrumbe sin duda de origen sísmico.

El Director sintió que también su gran esperanza se derrumbaba y se tomó un tiempo para procesar la noticia y manejar el desencanto. Luego de unos instantes de silencio en la línea telefónica Wildau dijo compungido.

-Lo lamento *Herr Direktor*. No pude hacer más.

-¡Oh, no, no Hans! Has hecho un magnífico trabajo. No hemos encontrado aún lo que buscamos pero sabemos casi exactamente dónde se encuentra. Si no puedes hallar más datos en el terreno prepara tu retorno a casa.

Una vez finalizada la llamada con Wildau el Director marcó otro teléfono. No le sorprendió encontrar que su interlocutor estaba también despierto y ansioso, por lo que había atendido la llamada al segundo sonido de la campanilla. El hombre llamado Otto le escuchó atentamente y tuvo también un momento de frustración. Preguntó.

-¿Qué crees que habrán hecho los miembros de la expedición Bluthund?

-Estamos seguros que han llegado al mismo sitio, y obviamente han encontrado lo mismo que nosotros.

Luego Otto reaccionó de la misma manera que lo había hecho el Director. Esta reacción común estaba basada en la coincidencia ideológica y la larga cadena de derrotas y desencantos que habían experimentado.

-No te preocupes Helmut. No lo hemos hallado ahora, pero por primera vez desde que von Schirach y los suyos cayeron con su avión, sabemos con bastante precisión dónde se halla. El progreso es enorme. Es sólo cuestión de tiempo. Con los medios adecuados un muro de escombros puede perforarse. Sólo asegúrate que Wildau tenga las coordenadas exactas del lugar. ¡Volveremos!

Epílogo

Jack había establecido contacto con William Richardson, a quien había narrado en detalle todas las novedades desde la última llamada. Cuando llegó el turno de explicarle el contenido de la cripta en la montaña, la principesca tumba de mármol y acero y los símbolos sobre la tapa de la misma, y de referirle la hipótesis sobre la personalidad del ocupante de la misma, Richardson no se asombró como Jack hubiera esperado, sino que aceptó la teoría de buen grado.

-No parece muy sorprendido.- Dijo Berglund.

-No lo estoy a esta altura de los acontecimientos.

-¿Cómo es eso? Un fantasma reaparece más de 60 años después y no es noticia.

-No quiero restar méritos al hallazgo que han hecho; es sensacional. Lo que ocurre es que al analizar las acciones de quienes los perseguían y teorizar sobre sus posibles motivos, la posibilidad siempre discutible y siempre presente de que el cuerpo de Hitler reapareciera fue una de las que habíamos considerado.

-¿Qué debemos hacer ahora?

-Regresar a casa con el máximo sigilo y la máxima prioridad. Yo convocaré a una reunión del Consejo Directivo de Bluthund a realizar dentro de los próximos días. Supongo que han conseguido mucho material filmado, fotografiado y que han fijado las coordenadas del sitio con precisión.

-Así es.

-Bien. Regresen a Pekín a la brevedad, sean sumamente discretos allí. Supongo que habrán mantenido a los guías tibetanos desinformados de los resultados.

-Por supuesto. Hay otro asunto. Se trata de Maggy Garland, del MI6. Obviamente ella está al tanto de todo.

-Vamos a hablar con sus jefes actuales, que deben estar procesando en estos mismos momentos una noticia sumamente desagradable que debimos notificarles.

-¿De qué habla?

-Te lo diré en persona cuando estemos reunidos en Nueva York. Volviendo a Garland, trataré de que sus jefes autoricen su presencia en nuestra reunión. En la primera parte de la misma se tratarán todos aquellos temas que ella ya conoce. Lo mismo es cierto para Dieter von Eichenberg.

Sir David Osborne se hallaba en uno de los sillones del gran salón de su club de caballeros en Londres. Se trataba de una institución selecta que sólo admitía a militares, marinos y personas vinculadas con los servicios de inteligencia británicos, en situación de retiro y con fojas de servicios intachables y en realidad constituía la segunda casa para el anciano. Sir David se encontraba leyendo el periódico en su lugar predilecto cerca de enorme hogar a leños y estaba profundamente compenetrado con su lectura del suplemento de noticias internacionales. Los últimos datos que había recibido eran intranquilizantes, aunque sabía que esas noticias no aparecerían en los diarios. De pronto, uno de los miembros del staff del club se le acercó y en voz muy queda le dijo.

-SIR DAVID, ¿PUEDO MOLESTARLO?

El hecho era anómalo, ya que sólo se rompía el silencio en el interior del salón por razones extraordinarias.

-Sí, ¿Qué necesitas Butler?

-Unos caballeros lo están esperando en la entrada de la sala. Han requerido que usted se una a ellos.

Sir David miró a la entrada y vio tres hombres usando gabardinas impermeables y llevando sus sombreros en la mano. Tuvo momentáneamente un mareo de origen nervioso pero lo superó de inmediato. Sabía perfectamente que se hallaba cuesta abajo en su carrera y se podía imaginar perfectamente lo que le esperaba. Dejó en periódico en la mesa, bebió de un trago el resto del oporto que quedaba en su copa y se puso de pie.

Hans Wildau oyó sonar su teléfono y como sabía quién podía llamarlo se sentó en la cama y tomó la llamada de inmediato.

-*Ha, Herré Director.*

-Hans, debo ser breve. Las cosas aquí se están complicando inesperadamente. Aunque no creo que puedan llegar a mí voy a salir de la superficie por un tiempo. Voy a abandonar Nueva York ya mismo. Tengo un lugar en los bosques donde nadie me buscará. He dicho a Frau Schmiddel que no aparezca más por la oficina y que haga un largo viaje de turismo que será solventado por nosotros. Hoy mismo cerraré la oficina y así la mantendré hasta que vuelva a tener garantías de seguridad. Lo mismo te pido a ti. No quiero que como consecuencia de tu retorno corras peligros innecesarios. ¿No hay forma de que te quedes en China por un tiempo?

Wildau era un hombre curtido por los peligros y frentes de tormenta repentinos, de modo que respondió sin vacilar.

-Sí, Herr Direktor, puedo permanecer en China sin problemas.

-Bien Hans. Yo me pondré en contacto contigo cuando el temporal haya pasado. Ahora debo colgar.

-Muy bien, Herr Direktor.

El Director no podía adivinar la sonrisa que asomaba en los labios de su subordinado. Wildau recorrió con sus manos las largas piernas de Liu Daiyu que yacía en el lecho con él y finalmente besó sus rodillas.

-Mi jefe siempre se ha preocupado de sus subordinados. Me ha pedido que no vuelva a casa y permanezca en China.

-La mejor noticia que podían darme.- Dijo gozosa la mujer.

La reunión estaba citada para las 5 p.m. y todos los invitados habían llegado a tiempo excepto el Dr. Taro Suzuki, cuyo avión había demorado su partida por una tormenta en el Océano Pacífico. Todos los expedicionarios estaban sentados alternadamente con los titulares de la

Asamblea General de Bluthund, aún aquellos que no eran miembros de la Comunidad Virtual, como Dieter von Eichenberg y Maggie Garland.

El Dr. Richardson abrió la sesión recordando que la expedición al Tíbet había tenido como antecedente otra a Mongolia, en la que se había hallado los remanentes del tesoro de un reino en esa nación que había existido brevemente hasta la restauración de la república. Las pistas habían luego llevado al Tíbet de modo que Bluthund había patrocinado otra expedición formada por los mismos miembros de la anterior, con algunas excepciones. Los resultados de esta segunda expedición habían sido adelantados a los miembros del Asamblea General de la Comunidad en una forma muy difusa para evitar filtraciones de la información, pero ahora tendrían la oportunidad de escuchar el relato completo con abundante material documental, de boca de los mismos participantes.

Cedió la palabra a Jack Berglund, socio fundador de Bluthund y conocido por la mayoría de los concurrentes

En ese momento se oyeron dos golpecitos en la puerta de la amplia sala e ingresó el Dr. Taro Suzuki visiblemente consternado por la demora. Richardson y la condesa Nadia Swarowska se dirigieron a la puerta para saludar efusivamente al viejo amigo y la reunión prosiguió de acuerdo con su agenda.

BERGLUND EXPLICÓ CON detalle el curso del viaje, silenciando sin embargo las coordenadas del sitio de los hallazgos, tanto el de la primera caverna como el de la segunda. Proyectó con ayuda de Dennis el importante material fotográfico y fílmico obtenido, deteniéndose en particular en la imponente tumba marmórea, a la que adjudicó una altura de 1,70 metros. Las inscripciones sobre la tapa merecieron un análisis detenido y allí se abrió el debate.

-Por lo que habrán podido observar la construcción del mausoleo no corresponde a pautas arquitectónicas orientales sino claramente europeas.- Dijo el Dr. Suzuki.- Por otra parte la *swastika* que hemos visto no es el típico ícono oriental milenario cuyas aspas giran en el sentido inverso. Se trata sin duda alguna del símbolo nazi.

-¿ Y qué puede significar el deseo de que quien yace allí se reúna con sus antepasados, como más o menos reza la leyenda grabada también en la tapa.-Preguntó uno de los concurrentes más jóvenes.

-Sin duda hace referencia a la vieja teoría nazi del desarrollo de la raza aria en esa zona, creencia que dio origen a una controvertida expedición al Tíbet a cargo de un científico llamado Ernst Schäffer en 1938.- Dijo Dieter.- Me consta de la veracidad del hecho porque mi abuelo paterno fue parte de la misma, en el curso de la cual conoció a mi abuela.

El debate prosiguió durante horas. Uno de los asistentes preguntó.

-Siendo que tenían propósitos distintos, ¿Cuál es el hilo conductor entre las expediciones a Mongolia y al Tíbet?

Dennis se apresuró a contestar.

-Buena pregunta. Ese delgado hilo rojo está constituido por el diario del Barón ruso Roman Ungern von Sternberg, rescatado por nosotros en la primera expedición a Mongolia, sitio donde había actuado el Barón, y en el cual mencionaba la ubicación de la caverna en el Tíbet.

-¿Es decir que sin el hallazgo de ese diario o cuaderno la segunda expedición no se hubiera llevado a cabo?- Preguntó el hombre joven.

-Así es.

- De modo que este hallazgo ha estado sujeto a...digamos...pequeñas contingencias o casualidades. Ha sido muy aleatorio.

-Es verdad.- Respondió Jack.- Muchas cosas importantísimas dependen a veces de sucesos improbables o aparentemente intrascendentes. Uno de los mejores ejemplos es la razón por la cual nosotros tuvimos éxito en hallar la cripta donde nuestros rivales no.

-¿Cuál fue esa razón?

-Que en contra de nuestros consejos en un momento determinado el joven Martín Colombo decidió zambullirse en las frías aguas del lago interno y así encontró, por pura casualidad, la sala donde se encuentra el mausoleo. Evidentemente nuestros rivales no tuvieron esa misma y peligrosa experiencia.

Otro de los asistentes decidió cambiar drásticamente de tema.

—¿Quiénes formaban parte de la oposición? Es decir, ¿Quienes eran los que los perseguían?

En ese momento Richardson retomó la palabra.

-Se trata de una organización internacional, tal como la nuestra pero con designios opuestos. Está formada por viejos y nuevos nazis procedentes de casi todos los países europeos, de los Estados Unidos, de Turquía y de otras naciones. Hasta donde sabemos, no tienen nombre propio y no conocemos a sus dirigentes, pero cuentan con medios materiales y humanos muy superiores a los de Bluthund, debido sin duda a su vinculación con empresas de capitales originalmente nazis que pudieron evadir los filtros que impusieron los aliados luego del fin de la Segunda Guerra Mundial.

-¿Cómo se enteraron ustedes que esa gente les seguía los pasos?

Suzuki tomó la palabra.

-Nuestros agentes en Mongolia advirtieron actividades inesperadas y pronto pudimos asociarlas con nuestra expedición. Ya alertados de su accionar pudimos rastrearlos también en Tíbet.

-O sea que ellos nos seguían a nosotros y nosotros los seguíamos a ellos. Una persecución circular.

-Y bastante frecuente.- Respondió Suzuki.- Son tareas de inteligencia y contrainteligencia. Lo importante es recibir la información original de quien se está moviendo en un contexto determinado.

Otro de los asistentes cambió nuevamente de tema.

-¿Cómo obtuvieron ellos en primer lugar la información sobre nuestras expediciones?

-Me duele informar que fue por una filtración de uno de nuestros directivos.- Respondió abruptamente Richardson. Un murmullo recorrió la larga mesa.

-¿Se sabe quien fue el autor de las filtración?- Repreguntó el asistente.

-Sí.

-¿Y qué ocurrió con él?

-Está...neutralizado.- Respondió brevemente Richardson.

-En el ejército un enemigo neutralizado es un enemigo muerto.- Arguyó un coronel retirado.

-No es este el caso.

-Si no es violar la confidencialidad, ¿Puedo preguntar cómo fue que detectaron al topo, es decir al que causó la filtración?

Jack miró interrogativamente a Richardson quién asintió con la cabeza.

-Había dos posibles candidatos al título de traidor. Luego de determinado el sitio del hallazgo verdadero, Maggie Garland, Dieter von Eichenberg y yo meditamos sobre el modo de descubrirlo. A cada uno de ellos le proporcionamos una información diferente de las coordenadas del mismo.

-¿Qué información?

-A uno de ellos le dimos la ubicación del túnel que terminaba en un lago interno en la montaña, por detrás del cual no se podía proseguir explorando por un derrumbe. Al otro candidato le dimos otras coordenadas proporcionadas por el diario del Barón Ungern referidas a otro tema no relacionado. -Jack miró a Suzuki esperando que él siguiera la explicación.

-Con nuestros contactos en China pudimos determinar a cuál de las dos pistas falsas acudían nuestros rivales. Al movilizarse los perseguidores hacia el túnel del lago quedó al descubierto el topo.

-¿Se puede conocer la identidad del mismo?

Maggie salió al cruce de esta pregunta.

-No voy a revelar la identidad del traidor, sólo les diré que es una persona que estuvo ligado a los servicios secretos ingleses.

-¿Miembro de Bluthund?

-Sí.- Contestó Richardson.-E incluso uno de los fundadores y miembro del Comité Ejecutivo, a pesar de que por su edad no era un asiduo concurrente.

Varios de los asistentes ataron cabos y sacaron como conclusión la identidad del traidor.

El hombre joven hizo una pregunta picante.

-¿Y quién era el otro candidato a traidor, que al final resultó inocente?

Sin vacilar William Richardson exclamó.

-¡Yo!

El murmullo en la sala subió de tono. Suzuki tomó nuevamente la palabra.

-Quien resultó finalmente traidor por un lado y el Dr. Richardson por otro eran los candidatos naturales porque eran las dos pistas falsas. Jamás hubiéramos sospechado de ninguno de ellos. Cuando Jack Berglund me llamó desde Tíbet decidimos armar la trampa tal como fue explicado.

Luego se volvió a Richardson y dijo.

-Lo siento William, nunca sospechamos de ti, pero la situación demandaba que hiciéramos esta jugada.

-Por supuesto Taro. En tu lugar hubiera hecho lo mismo. Lo que aún no puedo olvidar es que fue el mismo traidor quien me alertó sobre la existencia de un topo en el interior de Bluthund.

-Simplemente se anticipó a la conclusión que tú indefectiblemente ibas a sacar cuando aparecieran los perseguidores en Tíbet.-Argumentó Madame Swarowska.

-Tienes razón. No había pensado en eso.-Reconoció Richardson.

Las preguntas eventualmente se agotaron y en momento determinado Taro Suzuki dijo.

-Hago una moción para que se encomiende al Comité Ejecutivo decidir qué vamos a hacer con la información obtenida Para ello propongo que esta Asamblea haga un cuarto intermedio y permita sesionar a dicho Comité, el que luego de recomenzar la sesión de la Asamblea le informará a todos sus miembros sobre dicha decisión.

La moción fue puesta a votación y aprobada por unanimidad. Richardson se levantó de su silla y dijo en voz alta.

-Antes de que la Asamblea entre en cuarto intermedio voy a hacer dos propuestas adicionales. La primera es la siguiente: al ponerse en evidencia uno de sus miembros como traidor propongo que se encomiende al Comité Ejecutivo darlo de baja con deshonor. Por favor.-Dijo refiriéndose ahora al maestro de ceremonias Jerome Watkins.-Proceda a la votación.

La propuesta fue votada por unanimidad una vez más. Richardson dijo.

-Mi segunda propuesta es que para reemplazar al traidor como miembro del Comité Ejecutivo se elija a Jack Berglund. La designación de los integrantes del Comité es una prerrogativa de esta asamblea. Solicito que primero desalojen la sala los miembros de la expedición, y luego al maestro de ceremonias que proceda a distribuir la balotas entre los integrantes del Comité. La elección se hace en forma anónima y como sabemos una sola balota negra rechaza la propuesta.

A continuación salieron los asistentes que no eran parte de la Asamblea y se procedió a la votación.

El maestro de ceremonias hizo el recuento y rápidamente anunció el resultado.

-En este caso ha sido fácil. Todas balotas blancas. Jack Berglund es el nuevo integrante del Comité Ejecutivo.

Watkins llamó a todos los asistentes que estaban situados en varias salas contiguas.

-El Comité Ejecutivo ya ha tomado las decisiones que le fueron encomendadas. Por favor regresar a la sala de reuniones para su divulgación.

Una vez todos sentados William Richardson se puso de pie y dijo.

-Cumplo en informarles en primer lugar que el traidor en nuestro seno era Sir David Osborne y que ha sido expulsado de la Comunidad

Bluthund con deshonor. Su nombre será borrado de todos los registros donde alguna vez estuvo.

Un murmullo de asentimiento recorrió la sala

-En segundo lugar el Comité ha decidido que la naturaleza y el lugar del hallazgo no será divulgada por sus posibles consecuencias nefastas para la política mundial. Lo que menos necesita la sociedad internacional es un nuevo y poderoso factor de desunión. Sabemos bien que esta decisión es discutible porque de alguna manera restringe la libertad de información pero consideramos que en la actualidad no existen aun las condiciones para que una noticia así trascienda.

En una reunión privada entre los miembros de la expedición Jack Berglund recibió las felicitaciones por su nuevo y merecido cargo.

-Lo único que te falta es reconciliarte con tu novia.- Dijo Dennis con la familiaridad que las aventuras compartidas le había dado con Berglund.- ¿Como es que se llama?

-Lakshmi. Lakshmi Dhawan.

-¿Has hablado con ella?

-Lo he hecho.

-¿Y?

-Ya habíamos hecho las paces. Era yo el que me mantenía apartado por los peligros a que podía exponerlas a ella y su hija, además de comprometer su situación como agente del FBI por mi calidad de ex-convicto.

-¿Y cómo están esos temas ahora?

-Los que me acechaban eran precisamente quienes nos persiguieron en Tíbet, los que ahora, aunque no han desaparecido han debido dar un paso al costado. Y parece ser que el FBI ha recibido buenas referencias de nuestro grupo y de mi persona en particular.

-¿Y en qué punto están ahora con ella?

-Voy a reunirme con Lakshmi en estos días a ver cómo podemos reflotar lo nuestro.

Luego de esta confesión y expresión de deseos Jack añadió.

-Como a partir de ahora cada uno va a regresar a su país y a sus actividades quisiera que tuviéramos la oportunidad de festejar todos juntos nuestro compañerismo, ya sin temores ni sombras.

-¡Qué bien!- Exclamó festivamente Debbie- ¿Vas a invitarnos a algún exclusivo restaurant francés o italiano?

-Como sabes, el cargo de miembro del Comité Ejecutivo es *ad honorem* y no tiene estipendios asociados, de manera que invito a cerrar este capítulo de la misma forma en que lo comenzamos meses atrás.

-¿O sea?

-Con un picnic en el Parque de la Montaña del Oso.

Y ASÍ, QUERIDO LECTOR, esta historia ha llegado a su fin. Pero no temas, porque nuevas aventuras esperan en el horizonte, y el viaje continúa en las páginas del mañana.

Del Autor

Estimado lector,

Le agradezco que se haya interesado en leer estas breves palabras en la que hablo de mi obra. Es un buen hábito tratar de entender que llevó a un autor a escribir un libro particular, ya que las motivaciones varían de autor en autor y de libro en libro.

Como señal de respeto al lector, en todos mis libros realizo una exhaustiva investigación previa sobre los hechos a que se refiere la obra, particularmente teniendo en cuenta que muchas de ellas transcurren en lugares a veces apartados entre sí y en épocas históricas también diversas; es decir que mis libros a menudo transitan dilatados trechos en el tiempo y en el espacio.

Estas búsquedas están basadas en mi memoria, en la amplia biblioteca familiar y en el gigantesco cantero de hechos y datos constituido por Internet. En la red global todos pueden buscar pero no todos encuentran lo mismo... afortunadamente, ya que este hecho da lugar a una enorme variabilidad y diversidad.

La trama por supuesto proviene de la imaginación y la fantasía. Ésta es para mí de fundamental importancia y confieso que jamás escribiría un libro que no me interesara leer; mis gustos como escritor y como lector coinciden en alto grado.

Mis obras con frecuencia transcurren en lugares exóticos y se refieren a veces a hechos sorprendentes y hasta paradójicos, pero jamás entran en el terreno de lo fantástico e increíble. Es más, a menudo los hechos más bizarros suelen ser verídicos.

Sobre el Autor

Cedric Daurio es el seudónimo adoptado por un novelista argentino para cierto tipo de narrativa, en general thrillers de carácter paranormal y cuentos con contenidos esotéricos.

El autor ha vivido en Nueva York durante años y ahora reside en Buenos Aires, su ciudad natal. Su estilo es despojado, claro y directo, y no vacila en abordar temas espinosos.

.

Obras de Cedric Daurio

FICCIÓN
En Ingles
Blood Runes
En Castellano
Runas de Sangre
La Estrella de Agartha

Coordenadas del Autor

Mailto: cedricdaurio@gmail.com

Sobre el Editor

Oscar Luis Rigiroli publica los libros a su cargo en ediciones impresas y electrónicas por medio de una red comercial que les brinda una amplia cobertura mundial con ventas en los cinco continentes. El catálogo incluye tanto numerosos títulos de su propia autoría como aquellos escritos por otros autores. Todas las obras están disponibles en idiomas castellano e inglés.

Abundante información sobre dichos títulos puede ser consultada en los siguientes sitios web:

https://narrativaoscarrigiroli.wordpress.com/ y
https://louisforestiernarrativa.wordpress.com/

El lector queda amablemente invitado a consultarlos en la seguridad de hallar buenas experiencias de lectura.

Milton Keynes UK
Ingram Content Group UK Ltd.
UKHW040809051024
449151UK00001B/68

9 798227 518767